残月殺法剣

剣客相談人15

森詠

時代小説

二見時代小説文庫

目次

残月殺法剣——剣客相談人15

第一話　捨て子騒ぎ

一

灼熱の夏が過ぎた。
薄《すすき》の穂が風になびき、月影に揺れる。
江戸の街は寝静まっていた。
月が叢雲《むらくも》に見え隠れしていた。
侍は詩を吟じながら歩いていた。伴《とも》の小者が提灯《ちょうちん》を掲げ、侍の足許を照らしている。
小者を従えた侍は、武家屋敷の築地塀《ついじべい》を通り抜け、竹林に差しかかった。
侍は心地良い酔いに身を任せていた。足取りもややよろけている。

あたりは森閑として人気《ひとけ》がなかった。

夜はとっぷりと更《ふ》けていた。細い三日月が竹林の梢《こずえ》の上にかかっている。

道端から虫の声が湧き立っている。

月明かりが竹林の中の道を照らしていた。

どこからか、尺八《しゃくはち》の妙《たえ》なる音が聞こえた。

侍は詩吟を止め、足を停めた。

「ほう。風流な」

尺八が奏しているのは長唄残月《ながうたざんげつ》。唄は聞こえないが、旋律だけで分かる。

尺八は竹林の向こう側にある社《やしろ》の境内《けいだい》からきこえる。

夜空にかかった月を見て、どこかの風流人がひとり尺八を奏しているのに違いない。

「爺《じい》、ちと遠回りしてみよう」

「旦那様、およしくださいませ。粋狂《すいきよう》にございます」

「いいではないか。あの風流を解する御人の顔が見たい。あの尺八はかなりの手練《てだれ》と見受けた」

「そうですか。旦那様は、ほんとうにもの好きなんだから」

小者の老人も渋々主人のいうことに従った。

侍は詩を朗々と吟じた。
島田《しまだ》忠臣《ただおみ》作『題竹林七賢《ちくりんのしちけん》図』。
風流を解する御人なら、きっと解るはずだ。
……晋朝《しんちょう》澆季《ぎょうき》にして淳風《じゅんぷう》少なし
七子超然として混同せず
……侍と小者は竹林の中への道に足を踏み入れた。
月影が雲間に出入りするたびに、竹林の葉の影が小道に木洩《こも》れ日《び》のような模様を作る。
……世慮《せいりょ》都《すべ》て忘る一酔《いっすい》の中《うち》
若《も》し賢を求むる明聖《めいせい》の日に遇わば
廟堂充満して竹林空《むな》しからん
……月が叢雲に隠れ、あたりが暗くなった。

提灯の明かりだけがほのかに道を照らす。

尺八の音が近付いてくる。

侍はふと足を止めた。

「爺、下がっておれ」

殺気が周囲から湧き立つように迫ってくる。

「旦那様」

小者の老人も殺気を感じ、提灯を手に後ろに下がった。

侍は刀の鯉口《こいぐち》を切った。

「おぬしら、何者だ！」

月影が叢雲から出て、竹林に青白い光を差した。

月明かりの下、正面に尺八を啣えた総髪《そうはつ》の男が立っていた。総髪が月明かりを浴びて青白い。

周囲の竹の根元に、黒装束姿の者たちがまるで蜘蛛《くも》が地を這うように、侍と小者を窺《うかが》っていた。いずれも手に手に鎌のような得物《えもの》を持ち、いつでも襲いかかる構えをしている。

「旦那様」

小者は提灯を投げ出し、脇差を抜いた。

提灯は道に転がり、破れて、めらめらと炎が上がった。

竹林の中が明るくなった。

正面に立った男は尺八を吹くのを止めた。

総髪の男は静かな声で問うた。

「おぬし、……藩、侍頭《さむらいがしら》曲田兵衛殿《まがりたひょうえ》とお見受けしたが、如何《いか》に？」

「しかり。おぬしは？」

曲田は刀の柄《つか》に手をかけ、油断なく相手を睨んだ。

男は口元を歪め、酷薄な笑みを浮かべた。

「故あって、お命頂戴仕《つかまつ》る」

「なにぃ？」

侍はいっぺんに酔いが醒《さ》めた。

「おぬしは何者だ。名を名乗れ」

「谺一刀斎《こだまいっとうさい》。おぬしの流派は柳生新陰流《やぎゅうしんかげりゅう》でござったな」

「いかにも、しておぬしは？」

「谺一刀流残月剣《ざんげつけん》」

「きいたことがない流派の剣だな」

「では、お手合わせいただこうか」

総髪の男は手にした尺八を後ろに差し出した。

蜘蛛の一人が音もなく擦り寄り、尺八を大事なもののように受け取った。別の蜘蛛が刀を差し出し、背後に下がった。

提灯に着いた火は小さくなり、やがて消えた。

あたりはまた月明かりだけになった。

「旦那様、お気を付けください」

小者は脇差を構え、曲田の背後に付いた。

曲田は谺一刀斎に手を挙げて待ったをかけた。

「待て。谺一刀斎とやら、いったい、何故拙者の命を狙う。話を聴こうではないか」

一刀斎は答えず、すらりと刀を抜いた。

「問答無用。いざ」

一刀斎は刀を大上段に高々と掲げた。

「どうしてもならぬとなれば止むを得ぬな」

曲田は刀を抜き青眼《せいがん》に構えた。二人の間に殺気が燃え上がった。

間合い三間《げん》。

「旦那様」

「爺、邪魔するな。下がっておれ」

曲田は叱った。

年寄りの小者は後ろに下がった。

月影がまたも叢雲に隠れた。暗闇が竹林を覆った。

暗がりの中、一刀斎の黒い影が飛鳥のように飛んだ。大上段から刀が振り下ろされた。

曲田は刀で一刀斎の初太刀を受けようとした。

振り下ろされた刀は曲田の刀を叩き割った。そのままの勢いで刀は曲田の頭を真っ二つに切り裂いた。

曲田は膝から崩れるように地面に倒れ込んだ。

「だ、旦那様」

年寄りの小者が駆け寄った。

「旦那様、しっかり」

小者は脇差を地べたに置き、曲田の軀《からだ》を揺すった。曲田は絶命していた。

暗がりの中で、一刀斎の影は懐紙で刀の血糊《ちのり》を拭い、刀を鞘《さや》に戻した。

小者はゆっくりと曲田の遺体を地面に寝かせた。小者は脇差を摑んだ。

「おのれ、旦那様の仇」

一刀斎の姿を捜した。

月が叢雲から出て来た。竹林に差し込んだ月光の下、社に抜ける小道が照らし出された。一刀斎の姿は忽然《こつぜん》と消えていた。

あたりに潜んでいた黒装束たちの気配も消えていた。また喧しい虫の音が響きはじめた。

年寄りの小者は呆然としていた。

二

夕焼けが富士山を赤く焼いていた。

天空になびく箒雲《ほうきぐも》も、一面茜色《あかねいろ》に染まっている。

真っ赤な太陽が西の山端に沈んでいく。

若月丹波守清胤《わかつきたんばのかみきよつぐ》改め、長屋の殿様大館文史郎《おおだてぶんしろう》は釣り竿を肩に、のんびりと残照を眺めながら、長屋への帰り道を歩いていた。

日がな一日、いつものように大川縁で釣り糸を垂れていたが、釣果はいま一つだった。

魚籠《びく》には小振りなヒコイワシが数尾入っているだけだ。

文史郎の足取りは重かった。

出掛けに、爺こと左衛門《さえもん》に、今日こそ、尺もののクロダイかスズキを釣って帰ると大言壮語してしまっていた。

左衛門は歳のせいか、最近気に障《さわ》る嫌味をいうようになった。

「殿も、たまには猫も跨《また》ぐような小物のボラや小ハゼではなく、周りがあっと驚くような大物を釣ってきてほしいものですな」

猫跨ぎだと！

なんと無礼ないいぐさなんだ？

それで、行きがかり上、つい大口を叩いてしまった。

我ながら、みっともない。

常に平常心をこそ持っていなければ。武士たるもの。

釣りといえども、剣術の修行に通じておる。焦らず、辛抱に辛抱を重ね、敵、魚の出方を見極め、釣り糸を操らねばならぬ。

呉服屋の角を曲り、安兵衛店《やすべえだな》の出入り口になる路地が見えたところで、文史郎はおやっと目を凝らした。

長屋のおかみたちが通りに出て、行き交う行商人や仕事帰りの職人たちに声をかけ、何ごとかを尋ねている。

おかみたちの一人が目敏《めざと》く文史郎を見つけ、大声を出した。

「あんれま、お殿さんのお帰りだべな」

「お殿様、お帰りなさい」

「たいへん、たいへん。お殿様に、申し上げねばなんねえ」

おかみたちは、一斉に振り向き、文史郎に駆け寄った。おかみたちの中に、隣家のお米《よね》の姿もある。

「おかみさんたち、いったい何ごとだというのだな。夕餉時《ゆうげどき》だというのに、こんなに大勢集まって、いかがなさったのかな?」

「それが、お殿様、うちの長屋に捨て子をしていった女がいたんですよ」

「捨て子だと？」

以前にも、長屋に子供が迷い込んだ事件もあった。だが、捨て子は初めてだ。

「変な女の子でねえ」

お米がほかのおかみに同意を求めた。

「そうそう。少しも女の子らしくない。顔は真っ黒に汚れていて口もきかない。黙りこくって、あたいたちを睨みつける」

文史郎は笑った。

「その女の子は、どこにおる？」

「いまは、お福《ふく》さんが預かってますよ」

「爺はおらぬのか？」

「爺様は、まだ帰ってません」

お米が頭を左右に振った。

きっと左衛門は、口入れ屋の権兵衛《ごんべえ》のところへ行っているのに違いない。

このところ、相談事がなく、収入もないので、米櫃《こめびつ》も空になっていた。隣近所のおかみさんたちの差し入れで生活しているところだ。左衛門は、今日こそ権兵衛の許《もと》に粘って仕事を受けてくるといっていた。

「大門《だいもん》は？」

「大門様は、いました。女は大門様に女の子を無理矢理押しつけて、逃げたのよね」

お米は周囲のおかみたちにいった。

「あら。あの女は大門様の顔見知りじゃなかったの？　わたし、てっきりそう思ったけど」

「違うと思った。大門様、困っていたもの」

「それを見かねたお福さんが、とりあえず、女の子を預かったのよね」

「そう、それで大門様は、その女のあとを追いかけて飛び出して行った」

「大門様、女を捉まえたのかしら？」

「きっと捉まえたよ、足速いから」

おかみたちは興奮した口調で、それぞれ、文史郎にいいたてた。

まずは、どんな女の子なのか見たい。

文史郎は安兵衛店の木戸を潜ろうとした。

「いやあ、参った参った」

通りの先からあたふたと駆けて来る大門甚兵衛《じんべえ》の姿があった。

「おお、殿、お戻りでしたか」

大門はばたばたと駆け寄り、肩で大きく息をした。

「大門、どうした？」

「それが、殿、それがしが件《くだん》の女を追ったのでござる」

「逃げられたのか？」

「面目《めんぼく》ない。逃げ足が速い女でした。掘割《ほりわり》に手回しよく猪牙舟《ちょきぶね》を用意してあって、それに乗っていずこへとも知れず逃げました」

「その女、大門の顔見知りなのか？」

「いえ、まったく見知らぬ女です」

「なのに、おぬしに、女の子を預けたのか？」

「預かるもなにもありません。長屋に入ろうとしていたとき、突然、細小路の奥から飛び出して来て、それがしに無理矢理女の子を押しつけ、走り去ったのでござる」

「そのとき、女は何もいわなかったのか？」

「いや、何かいったような、いわないような。なにしろ、女の子を預かっておろおろしていたので、聞き洩らしたように思います」

大門は頭を掻いた。

「大門様が優しく見えたから、女の子を預けたんでしょ」

「あの女、選りに選って、こんなお人好しな大門様に子供を押しつけるなんてねえ。今度見付けたらただじゃおかないから」

「そうよそうよ」

おかみたちが口々に文句をいった。

隣のお米が憤懣《ふんまん》やるかたない口振りでいった。

「大門様も、女から子供を渡されたとき、どうして、突き返さなかったの。受け取ってしまったから、こんな騒ぎになっているのよ」

「ううむ。咄嗟《とっさ》のことだったので、つい抱っこしてしまったのだ。参ったなあ」

大門は顎鬚《あごひげ》を手でしごいた。

文史郎は呆れながらもいった。

「ともあれ、お福のところへ行ってみよう」

文史郎は細小路を進んだ。あとから、大門とお米を先頭に、ぞろぞろとおかみたちが続いた。

女の子は、お福の長屋にはいなかった。

お福は五人の子持ちだ。その五人の子たちの姿もない。

「お殿様、きっと洗い場よ。お福さんのことだから、あの子を洗い場へ連れて行くはず」

お米がしたり顔でいった。

「そうか」

文史郎は安兵衛店の奥にある井戸へと急いだ。

お米のいう通りだった。

井戸端の洗い場で、赤ん坊を背負ったお福が、女の子の顔や手足を洗っていた。

その周りを、大勢の子供たちが取り囲んでいた。

三

女の子は、洗い場に立たされ、上半身だけ着物を脱がされていた。お福は桶の水を女の子の腕や足にかけ、手拭いでごしごしと懸命に洗っている。

「まあま、こんなに汚れて。母さんは、どうして、こんな可愛い子をほったらかしにしたのかねえ」

女の子の髪型はお河童《かっぱ》で、前髪を中央で元結《もとゆい》で縛り、先を左右に分けた芥子坊主《けしぼうず》の銀杏髷《いちょうまげ》にしていた。

江戸の下町の女の子に普通に見られる子供の髪型だ。その髪も、顔や手足同様、土や垢《あか》でひどく汚れていた。

女の子は口をきっと結び、上目づかいにお福や周りの子らを睨んでいた。

上半身は脱がされているものの、両手でしっかりと着物を摑んで、これ以上脱がされるのは厭だと抗《あらが》っていた。

周りの子供たちが興味津々《しんしん》に見ていた。

「さあさ、みんな、周りでぼおっと見てないで、どこかへ行って行って。でないと、この子が恥ずかしがるでしょう?」

お福は周りの子たちに怒鳴った。

子供たちは、いったん下がったものの、遠くから覗いている。

「ほんとにしようがない餓鬼《がき》どもなんだから」

お福は真っ黒に汚れた顔を手拭いで拭きはじめた。見る見る白い素肌が現れる。

文史郎がお福に話しかけた。

「お福、その子の名はなんと申すのだ?」

お福は振り向き、背中の赤子をあやしながら、頭を振った。

「あ、お殿様、お帰りなさい。それがね。この子ったら、一言も口をきかないんですよ。だから、名無しのお嬢ちゃん」

文史郎は優しく女の子に尋ねた。

「おぬしの名は、なんと申すのだ？」

女の子は口をきっと結んで顎を引き、文史郎を睨んだ。

小さな目には敵意があった。お福に向けた目とは、明らかに違う。子供ながらに、男の大人に不信を抱いていた。

大門が文史郎にいった。

「殿、ここは拙者にお任せあれ」

大門は文史郎を押し退けるようにして、お福の傍らにしゃがみ込んだ。

「なあ、お嬢ちゃん、拙者は大門。さっきはそれがしが抱っこしたろう？」

「…………」

女の子はじっと大門の髯面《ひげづら》を見つめたが、やはり頑《かたく》なに口を開かなかった。顔付きからして、髯面の大門には、あまり敵意を抱いていない。

大門は髯面を崩し、笑いながらいった。

「いい子だから、教えてくれぬかな」

女の子はじっと大門を見つめたまま、やはり黙っていた。

「そうか。では、お母さんの名前は、なんというのかな？」

「…………」

「お母さんの名もいえぬか。弱ったなあ。お父さんの名は？」

「………」

「お父さんの名もいえぬか。参ったなあ」

大門は大げさに弱った顔を作った。

その間に、お福は濡れ手拭いで女の子の裸の上半身を拭いた。

「いい子だねえ。じっとしていて。うちの餓鬼どもとは大違いだよ。みんなに裸を見られたくないんだよね。恥ずかしいものねえ。わかったわかった。みんなの見ているところで脱がそうとしたおばちゃんが悪かった。もう終わりだよ。お終《しま》いお終い」

お福は女の子を褒《ほ》めながら、半ば脱がしかかった着物を元のように戻して着せ直した。

着物も髪も薄汚れていたが、長屋に暮らす普通の女の子よりも体格がしっかりしていた。

文史郎は大門に倣《なら》い、しゃがみ込んだ。

「おじちゃんを恐がらなくてもいいよ」

話しかけながら、あらためて、女の子の顔を見た。

丸顔で目鼻立ちは整い、目は利発そうに輝いていた。まるで、男の子のように物怖《お》じしておらず、顔にはまったく怯《おび》えた色がない。ただ警戒心と猜疑心《さいぎしん》に満ちた眼差しで文史郎を見返している。

「ほう。賢そうな女の子だな。年はいくつかな？　五つか？　それとも六つかな」

「……………」

女の子は今度は文史郎をじっと睨んだ。答えようとしない。

文史郎は、周囲に集まって覗いている子供たちに目をやった。同じくらいの背丈と体付きの女の子と目で比較した。

お福の子供は息子三人、娘二人の五人兄弟姉妹だった。目の前の女の子は、お福の三番目の娘おとよと、ほぼ同じ年格好に見えた。

「お福さんの三番目のおとよは、いくつかな？」

お福は周りを見、おとよと女の子を見比べた。

「そうねえ。この子はおとよと同じくらいかねえ」

「おとよはいくつだ？」

「数えで六歳になったばかりですよ」

文史郎は女の子に向き直った。

「そうか。では、おぬし、六歳か？」

女の子は頭をしっかりと左右に振った。初めての反応だった。

「ほほう、では、いくつかな？」

「……………」

女の子は黙ったまま両手を差し出した。右手で五本の指を立てた。

「おう。五つだということか？」

文史郎は大門と顔を見合わせた。

「ようやく答えてくれたな」

「そうですな。心さえ開いてくれれば、そのうち話すようになるでしょう」

お福は女の子をしゃんと立たせた。

「まあ、可愛げになって。あとは髪の毛ねえ。だいぶ汚れているものね。頭を洗おうね」

女の子は、口をへの字にして顔をしかめている。

お福が女の子の髷を解きながらきいた。

「お殿様、この子をどうしましょう？」

「どうするって？」

「誰がこの子の面倒をみるのかですよ」

「さて、弱ったものだな。拙者たちが預かるわけにもいかんしのう」

「奉行所に捨て子として届けますかねえ」

大門も思案げに唸った。

お福は怒っていった。

「だめだめ。奉行所なんかへ届けたら、どうなると思うんです？　すぐにどっかの孤児院に入れられてしまう。お役人は、この子の親探しなんか、真剣にはしてくれませんからね」

お米がお福の傍に歩み寄った。

「そう。お福さんのいう通り。お役人は引き取っても厄介者扱いですからね。親なんか、捜してくれませんよ」

大門が訝《いぶか》った。

「じゃあ、どうするというのだ？」

お福は女の子の髪の毛を櫛《くし》で梳《す》きながら大門を睨んだ。

「この子のお母さんは、わけあって、うちの長屋にこの子を置いていったのでしょう。きっと、いつか、この子を引き取りに現れるでしょうよ。それまで、うちの長屋でこの子を預かるしかないじゃないですか」

「誰が預かるというのだ？」

文史郎は思わずきいた。

「誰って、お殿様しかないでしょう？」

お福とお米はこともなげにいった。

「ええ？　わしらがこの子の面倒をみるというのかい？」

「はい。お殿様は、人助けをする相談人でしょう？　きっと、この子のお母さんも、わけあって、相談人のお殿様や大門さんを訪ねて来たんですよ」

「そう。この子のお母さんは、大門様を見て、ほっと安心してこの子を預けた」

「しかし、わけは何もいわんかったが」

文史郎は大門に向いた。

「ほんとに何もいわなかったのか？」

「……咄嗟《とっさ》のことでしたので」

「女はなんと申しておったのだ？」

「相談人様、この子をよろしく、と」

「それから？」

「それがしに、頭をぺこぺこ下げて、お願いしますとだけでした。それ以上は何もいわず、急いで逃げて行った」

文史郎は顎を撫でた。

女は大門を相談人と知って、女の子を預けたことは間違いない。

いったい、わけとは何なのだろう？

「その女、どんな女だった？」

「それが、着物姿や髷から見て、町家の女とも見えず、さりとて武家の女ともいえず……」

「大門は女を見る目がないからなあ」

「ともかく優しそうな女だった」

大門は答に窮した様子だった。しきりに、文史郎に女の子の前だ、と目配せしている。

文史郎は遊び女とか、放浪芸人とか、商売女の類《たぐい》だったのだろうと勝手に解釈した。

「殿、殿、どちらにおられるか？」

左衛門の声が響いた。

「爺、こっちだ」

文史郎は大声で呼んだ。

細小路に集まったおかみたちを掻き分けて左衛門が現れた。

「殿、依頼の仕事がありましたぞ。それも、いい話でござった」

左衛門はあたふたと文史郎と大門の前に走り寄った。

「爺、おぬしの留守の間に、この女の子を引き取るはめになってしまったぞ」

「なんですと？」

左衛門はお福とお米が桶の水を女の子の頭にかけて、水洗いしているのに気付いた。

「さあ、さっぱりしたでしょ。いい子だったねえ」

お福が絞った手拭いで女の子の頭を拭きはじめた。お米が水がかかった女の子の着物を手拭いで拭きはじめた。

「そうそう。着物はうちのおとよのがあるから、あとで着替えましょうね」

お米がいった。

「お福さん、その前に、子供たちみんなといっしょにこの子を湯屋へ連れてったらどうかしら」

「そうね。うちの子たちも、しばらく湯屋に行っていないものね」

「あたしも、いっしょに行くわ」

お米が明るくうなずいた。

「殿、これはいったい、どういうことなのです？」

左衛門は、お河童頭の女の子を見て目を丸くした。

文史郎は頭を振った。

「わけはあとだ。それよりも、爺の話をききたい」

四

文史郎たちは、女の子をお福とお米に任せ、先に長屋に戻った。

まだ陽が落ちて間もないこともあって、油障子戸を通して部屋の中もほんのりと明るさが残っていた。

左衛門は行灯《あんどん》の灯《あか》りを点《つ》けた。

淡い光が部屋の中の文史郎たちを照らした。

左衛門は畳の上に正座した。

「それで、爺、権兵衛の持って来た相談の件だが、いったい、どのような依頼なのだ？」

「はい。それが大越屋《だいえつや》の大主人の相談なのです」

「大越屋といえば、越後屋《えちごや》と並ぶ大豪商ではござらぬか」

大門が満足そうに顎髯を撫でた。

左衛門はうなずいた。

「その通りでござる。権兵衛の話では、剣客相談人に大越屋の主人太平治《たへいじ》を護《まも》っていただけないかというのです」

「用心棒か。大越屋太平治は、どんな人物だ?」

「大越屋は、豪商の常でござるが、毀誉褒貶《きよほうへん》のある男でしてな。ある人から見れば、人助けをする救世主、他方ある者からすれば、極悪非道の政商。ともかくも遣《や》り手ということです」

「身辺を護ってほしい、ということは、誰かに命を狙われているのだな?」

「さようでございますな」

「誰に? なぜ、狙われておるのか?」

「そこは、まだ口入れ屋の権兵衛も、大越屋太平治から直接きいていないそうなのです」

「わしらに頼まずとも、ほかに用心棒のなり手はいくらでもおろうに」

「それが、権兵衛いわく、敵は並み大抵の腕前ではなく、しかも、複雑な事情があるらしいのです」

文史郎は大門と顔を見合わせた。

油障子戸の前をお福の家族が騒がしく通る気配があった。

やがて、薄い壁越しに隣の長屋に、お福の子供たちが入る音がきこえた。

それから、兄弟喧嘩の騒ぎや泣き声、お福の怒鳴る声などが入り混じって、壁越しに伝わって来る。

文史郎は左衛門にいった。

「なぜ、大越屋太平治は狙われておるのかが問題だな。もし、大越屋太平治の悪事が原因ならば、それがしたちの出番ではない」

大門もうなずいた。

「さようでござる。わしらは、いくらお金を積まれても、大越屋太平治が悪いことをしているのを手伝うのだけは願い下げでござる」

左衛門は確かにと同意した。

「そこで、権兵衛殿は、殿が直接大越屋太平治と面談し、理由をきいていただけないか、と申すのです。もし、大越屋太平治の申す理由に納得いただけたら、護衛の仕事をお願いできないか、と」

「では、もし、その理由が納得できなかった場合は、引き受けなくてもいい、というのだな」

「さようでござる」

「もし、大越屋太平治が我らに嘘をついていた場合は、いかがあいなる？」

左衛門は笑顔でうなずいた。

「それも権兵衛殿は、大越屋太平治に釘を刺してあるそうでござった。その場合は、契約金はそのまま頂く、さらにしかるべき違約金も頂くことになりましょう、と」

「どうする、大門」

大門は腕組をして天井を見上げた。

「契約金はいかほどでござろう？」

「権兵衛殿の仲介料は別として、謝礼金は三百両とか」

「護衛の期間は？」

「とりあえず、一月《ひとつき》ほどとのこと。それも半額は前払い」

「悪くないですな。このところ、なんの依頼もありませんでしたから。殿、いかがでござろうか？」

大門が懇願するような面持ちでいった。

左衛門も膝を乗り出した。

「このところ、ちと出ものがありましてな。百両もあれば、当座はたいへん助かります」

薄壁を通して、子供たちやお福の声がきこえた。

「あ、父ちゃんが帰った」「お帰り」「お帰り」

「あんた、お帰り」

大工の精吉《せいきち》が帰って来た様子だ。

「ああ疲れた疲れた。おっと、見慣れねえ餓鬼がいるな。おっかあ、いつの間に、子供を作ったんだ。俺の留守中に、間男《まおとこ》したってか」

左衛門は大門と顔を見合わせ、笑いを噛み殺していた。文史郎もお福と亭主の問答に苦笑した。

お福が怒鳴った。

「馬鹿いうんじゃないよ。この子はね、今日、おっかさんに、長屋に捨てられた可哀《かわい》想《そう》な子なんだから」

「な、なんだあ。捨て子だってえのか？」

「捨て子ってでかい声でいうんじゃないよ。ほら、可哀想にご飯も喉を通らないじゃないか。いいから、心配しないで、ご飯をいただきな」

「だがよ、なんでうちが捨て子を引き受けることになったんだ?」

「だからさ。……」

急にお福の声が低くなった。代わりに子供たちが喧しく喧嘩をする声がきこえた。

「うるせい。餓鬼ども、静かにしろ。泣くな。おとなしく飯を食え」

「あんた」

「分かったよ。五人も餓鬼がいるんだ。一人ぐらい増えたって、なんてことはねえや。貧乏にゃ変わりねえや。おいら江戸っ子でえ。困ったやつを助けるのに否《いや》も応もねえ。分かった。今夜から、こいつをうちの子として育てろ」

「あんた、男だねえ。惚れ直したねえ」

「馬鹿野郎。いまごろ亭主をおだててどうするんだい」

大門が顎で隣を指した。

「殿、お福さんに、あの子の面倒をお願いする上でも、多少金子《きんす》が必要かと」

「そうですな。殿」

左衛門が駄目押しした。

文史郎は笑いながら、うなずいた。

「ともあれ、明日、その大越屋太平治とやらに会ってみよう。話の次第では、引き受けてもいいが、訳ありの用心棒ならば断ろう」

また喧しい子供たちの喧嘩の声が響いた。

「ところで、こいつの名はなんていうんだ？」

「それが、教えてくれないのよ」

「名無しか。それじゃあ、不便だな。じゃあ、うちの子にするんだから、おいらが名を付ければいいんじゃねえか」

「そうしてくれるかい」

「じゃあ、おまえな、今日から、千代《ちよ》だ。いいな、千代」

「あら、いい名前ねえ。でも、あんた、どうして、そんないい名前を思い付いたんだい」

「ど、どうって、ふっと頭に浮かんだだけだぜ。なあ、千代。いい名だろうが」

「もしかして、昔の女か、花街の女の名じゃないの」

お福の声が尖《とが》った。精吉が慌てた。

「そんなんじゃねえよ。なあ、千代。おっかあ、見ろよ。千代がいいってうなずいたじゃねえか。そうか、千代の名が気に入ったか。ほれ見ろ、娘っこってえのは、こう素直じゃなくちゃあいけねえ」

「千代ねえ。ま、いいか」

お福の声も険《けん》がなくなった。

文史郎は腕組をし、しんみりとした思いでうなずいた。

「お千代ねえ。女の子らしい名だな」

左衛門が小声で囁《ささや》いた。

「昔、殿の側女《そばめ》にも、そんな名の娘がおりましたな」

「そ、そうだったかな？　覚えがないのう」

「殿も隅におけませんなあ」

大門がにやついていた。

「みんな、いいか、お千代は、おまえたちの姉妹だからな。お千代をいじめちゃだめだぞ」

精吉の優しい声が壁越しに響いた。

五

日本橋《にほんばし》の大通りには、陽が燦々《さんさん》と降り注いでいた。

蒼穹《そうきゅう》にはうっすらと箒で掃いたような筋のついた雲が拡がっている。

西から吹き寄せる風は乾いていて、いくぶん肌寒い。

空には無数の赤蜻蛉《とんぼ》が浮遊し、舞っていた。

日は秋に入っていた。

文史郎は、権兵衛の案内で、大越屋の大店《おおだな》に足を運んだ。左衛門と大門も同行している。

大越屋は、権兵衛の清藤屋《きよふじや》同様、呉服屋である。

もともと、大越屋太平治は諸藩の大坂《おおさか》蔵屋敷の蔵物売却代銀《くらものうりおろしだいぎん》を預かり、金融にも応じる掛屋《かけや》を営んでいた。

大越屋は、その掛屋の豊富な資金を元手にして、呉服業にも進出し、いまでは大坂の掛屋だけでなく、江戸では日本橋で越後屋に張り合う呉服屋を経営するほどになっていた。

大越屋が急成長した背景には、時の幕府や西国諸大藩の政商として暗躍したことがある。それだけに、大越屋は、蹴落とした競争相手の同業者たちだけでなく、政商として伸《の》し上がるために踏み台にした幕府役人や諸藩の要路などの恨みや嫉《ねた》みを買ったものと思われる。

汚い手を使わなかったら、いまの大越屋はなかったであろう。

自分で蒔《ま》いた種は、自分で苅《か》らねばならない。自業自得というものだ。どうせ、大越屋太平治は、ろくな悪党ではあるまい。

「こちらにございます」

権兵衛は腰を低めて文史郎に、「大越屋」と書かれた大店を手で差した。

大越屋は、越後屋本店と張り合うように、斜め向かい側に大店を開いていた。大越屋と白い字で書かれた濃紺の暖簾《のれん》が垂れている。

文史郎たちは暖簾を潜り、敷居をまたいで店の土間に足を踏み入れた。土間に続く座敷に正座して並んだ番頭、手代、丁稚《でっち》たちが一斉に「いらっしゃいまし」と声を上げ、お辞儀をした。

番頭をはじめ、手代から丁稚に至るまで、いずれも縦縞の着物に紺の前掛けをつけている。

表に垂らした大きな暖簾が陽射しを遮っているためか、店内は薄暗かった。

すでに権兵衛が報せてあったらしい。権兵衛が店の者に一声かけると、さっそくに内所《ないしょ》から大番頭が満面に笑みを浮かべて現れた。大番頭は正座して、文史郎や大門、左衛門に深々と頭を下げた。

「ようこそ、お越しいただきました。主人が奥にてお待ちいたしております。どうぞ、お上がりくださいまし。ご案内いたします」

上がり框《かまち》に腰を下ろした文史郎たちに、丁稚が駆け寄り、濡れ雑巾で丹念に足を拭った。

文史郎たちは大番頭のあとに付き、内所の裏に続く暗い廊下の奥へと進んだ。

案内されたのは、明るい座敷だった。

「こちらにございます。旦那様、剣客相談人の皆様をご案内しました」

大番頭は文史郎たちに頭を下げ、廊下にしゃがみ込んで襖を開けた。

掃き出し窓から、中庭の築山《つきやま》と古風な趣《おもむき》の池が見えた。池の水面に陽光が反射して燦爛《さんらん》としていた。

座敷のほぼ中程に、一人の初老の男が平伏していた。男は大越屋太平治と名乗った。

「剣客相談人様におかれましては、わざわざお越しいただきまして、はなはだ恐縮にございます。さあさ、まずはお席に」

床の間を背にした上座に円座が三枚並んでいた。円座とは贅沢な。

文史郎は床の間を背に円座の上に腰を下ろし、胡坐《あぐら》をかいた。

大門と左衛門は円座を退《の》かし、文史郎の両脇に正座した。

権兵衛は大越屋太平治の隣に、文史郎たちと向かい合うようにして座った。大番頭は主人太平治の後ろに控えていた。

文史郎は座敷を見回した。

右手は掃き出し窓の外の庭が一望できる。

ほう、風流な造りだのう。

背後の床の間は漆喰《しっくい》の壁作りで、左手と正面は襖だ。襖には枯れ山水が描かれている。

床の間を背にした席からは居ながらにして、枯れ山水の風景が、右手の庭の山水に連なるように見える。

池の鹿威《ししおど》しが、甲高《かんだか》い音を立てた。

権兵衛が太平治に小声でいった。

「では、太平治殿、相談人様にご依頼の件を申し上げくだされ」

「はい。相談人様にお願い申し上げます」

大越屋太平治は赤ら顔を文史郎に向け、真剣な眼差しでいった。

「ただいま、大越屋はさる事業を巡り、脅迫《きょうはく》を受けております」

「ほう。どのような脅迫かな？」

「この書きつけが、十日ほど前に店の表に貼り出されてあったのでございます」

太平治は折り畳んだ書きつけを拡げ、文史郎の前に差し出した。

横合いから左衛門が膝行《しっこう》して、書きつけを拾い上げ、文史郎に渡した。

「これは、失礼いたしました。ご無礼をお赦《ゆる》しくださいませ」

太平治は平伏して謝った。

「苦しうない。そう畏《かしこ》まるな。疲れる」

「はい。申し分けございませぬ」

太平治は大きな軀を小さくした。

文史郎は書きつけに目を通した。

黒々とした筆で、乱暴に文言《もんごん》が書きつけてある。

『　告
直《ただ》ちに大越屋は、信濃秋山藩《しなのあきやま》から退散すべきこと、信濃の天地と森と水の神々に代わって申し付け候。

要求通りに即刻、大越屋が藩事業から手を引かざれば、大越屋はもとより、大越屋と手を結びし藩要路《ようろ》どもに、必ずや天罰が下ること覚悟なされるよう警告いたしたく候。……』

書きつけの末尾に『土蜘蛛《つちぐも》』と荒々しい筆致で差出人が大書されてあった。

文言の内容を別にすれば、書体がひどく乱れていて読み難く、まるで悪餓鬼の悪戯《いたずら》書きにも見える。

「たちの悪い悪戯ではないのか?」

文史郎は太平治に顔を向けた。

「はい。私も、はじめはそう思い、無視しておりました。ところが、先日、信濃秋山藩の侍頭の曲田兵衛様が、私どもの接待のお帰りの途上、闇討ちに遭い、命を落とされたのでございます」

「闇討ちに遭ったと申すのか。相手は?」

「その夜、曲田兵衛様に御供をしていた小者の話によれば、相手は徆一刀斎と名乗ったとのこと。流派も徆一刀流と申していたそうです」

文史郎は左衛門や大門の顔を見た。二人とも左右に首を振った。

「曲田兵衛様は、柳生新陰流免許皆伝の腕前。信濃秋山藩では、剣術指南役まで務めたことがある藩きっての剣客でございました。その曲田兵衛様が一刀の下に斬死なされたのでございます」

「その㽞一刀斎とやらについて、おぬしは存じておるのか？」

「いえ。初めて耳にする名前でございます」

太平治は顔をしかめた。

「ほかにも犠牲者が出ておるのか？」

「実は、出張先で番頭が一人行方不明になっております。店の者を何人か現地に出して調べさせているのでございますが、まだ行方が分かりません」

「出張先というのは、どこだ？」

「信濃秋山藩領の開墾《かいこん》地です」

左衛門が文史郎に代わって訊いた。

「そのような開墾地に、おぬしの店の番頭は何をしに行ったのだ？」

「邦吉《くにきち》は、つまり、うちの二番番頭なのですが、邦吉を大番頭佐平《さへい》の代わりに開墾の進捗《しんちょく》状況を視察に行かせたのです」

「視察だと？」

「はい。大越屋は信濃秋山藩の開墾事業にかなりのお金を出しております。その事業が失敗したら、うちの身上《しんしょう》は潰《つぶ》れるでしょう。そのくらいの資金を信濃秋山藩に支出し、開墾事業を行なっております」

大門が訊いた。

「普通なら掛屋にしても蔵元にしても、藩に金を貸すだけではないのか?」

「普通の掛屋や蔵元なら、そうなのでしょうが、それでは儲けは知れています。それ以上にお武家様は開墾事業やその後の商売に疎《うと》い。そのためせっかくお金を用立てても、無駄が多くて、大赤字を作り、さらに私どもに借金を重ねてしまう。それでは、藩財政の立て直しなどできるはずがないし、私ども資金を用立てる者としても、借金を踏み倒されかねない。ですから、うちはお得意様の藩のためになるなら、少々身銭を切って損をしても、開墾事業や藩の商売に関わり、お武家様にはできない才覚をめぐらして藩の経営のお手伝いをしようとしております」

「ほう、殊勝な心掛けだな」

「私どもは、藩があっての私ども商売人と思っております。これからの時代、お得意様の藩とは二人三脚でやっていかねばなりません。藩財政が豊かになれば、領民が豊かになり、まわりまわって、私どもも豊かになれる。藩だけが豊かになり、反対に領民が重税で疲弊しているようでは、ほんとうの豊かさとは違う。一部の者だけが肥えて、大勢の貧民を生み出すようでは、いい藩政とはいえません。私どもは、政商とはいわれますが、そのような藩にお金を貸して儲けるつもりはありません。政商にも良心があるのです。藩主や一部の藩要路だけが豊かになるだけでなく、領民みんなが豊かになって、初めて私どもの商売も繁盛するというものなのです」

太平治は雄弁だった。

自分がやっていることに絶対の自信があるのだ。

文史郎は大門、左衛門と顔を見合わせた。

太平治は文史郎たちの顔を見て続けた。

「それでも、悲しいことですが、私どもが藩の要路とつるんで何か悪いことをしている、と誤解している人々もいるのでしょう。その人たちは、私たちの真意を分かってくれない。話に耳も貸さない。ですが、誠心誠意、膝詰め談判して、私どもに疑念をお持ちになる方々と話をしたい。そうすれば、きっと私たちの意図は分かってもらえる、と信じています」

「信濃秋山藩と組んで、おぬしたちがやろうとしている開墾事業とは、どんなものなのだね？」

大越屋太平治は、大番頭を振り向いた。

「佐平さん、地図を持って来てください」

「はい。旦那様」

佐平と呼ばれた大番頭は文史郎たちに一礼し、座敷を下がった。

「信濃秋山藩については、御存知でございましょうね」

「うむ。一応、存じておる」

文史郎はうなずいた。

もともと文史郎は信濃松田《まつだ》藩藩主松平貴睦《まつだいらたかのぶ》の四男として生まれた。信州松平家の家系だ。信濃には縁があり、知らないわけはない。

いまの信濃松田藩主は、文史郎の腹違いの長兄松平頼睦《よりのぶ》が継いでいる。信濃松田藩は信濃のほぼ中央を支配地としている。

信濃秋山藩三万五千石は、北信濃四郡を領地として支配する藩である。藩主は譜代《ふだい》の本田助顕《ほんだすけあき》だ。

本田助顕と直接の面識はない。

だが、本田家は代々の藩主が経営辣腕《らつわん》を揮《ふる》い、貧乏だった藩財政を立て直し、二万一千石から現在の三万五千石にまで押し上げたことで知られていた。

「一昨年のことでございます。信濃秋山藩藩主本田助顕様から直々《じきじき》に私ども大越屋に相談が持ちかけられたのです。領内のまだ未開発の山林を開墾して、平地は田畑に、田畑にならない山地は桑畑にしたい。藩内の米の増産を計り、さらに養蚕業《ようさん》を盛んにしたい。ぜひとも、それに私ども大越屋の力を貸してほしい、というお話でした。そして、五年のうちには、藩の石高を、実質四万五千石に引き上げたいと抱負をおっしゃったのです」

「ほう。本田助顕殿は実質一万石も増やそうというのか。野心家だな」

「それも本田様は私利私欲に駆られた野心ではないのです。信濃秋山藩の領地は御存知のように山地が多いため、平地でのこれ以上の米の増産は難しく、領民は貧しさから抜け出せない。なんとか、領民を豊かにしたい。なんとか力を貸してくれぬか、と」

「ふむふむ」

文史郎は腕組をした。左衛門も大門も黙ってきいている。

太平治は昂然《こうぜん》と顔を上げ、胸をどんと拳で叩いた。

「大越屋も男にございます。引き受けましょう、と。もちろん、そうはいっても、大越屋も大勢の奉公人を抱えております。彼らの家族全員を食わせて行かねばならない。

慈善事業ではありません。藩の事業にお金を出させていただく以上、見返りとして、多少は儲けさせていただきます、と申し上げました」

「それはそうだろうな。おぬしも、大越屋を背負った商売人だものな」

文史郎はうなずいた。正直な男だ、と思った。

太平治は丸い狸顔をほころばせた。

「儲けは欲張らず、ほどほどにが商売を長続きさせるこつというものです。藩も得をする、領民も得をする。同時にこちらも得をする。つまり、三方一両得の心得でなければ、商売はできません」

座敷に大番頭の佐平が静々と入って来た。

「旦那様、地図をお持ちしました」

「相談人様たちに、お見せしなさい」

「はい」

佐平は丸めた和紙を文史郎の前で拡げた。

山や谷、川を描き込んだ地図だった。

両脇から左衛門と大門が顔を寄せた。

「これは信濃秋山藩の北秋山郡の地図でございます。秋山城の城下町は、この地図では下の方、つまり南に位置しております」

太平治は扇子で地図の下部の城の形をした印を差した。城の傍を川が蛇行しながら北へ延びている。

太平治は扇子で、その川をなぞった。

「これが千曲川《ちくまがわ》にございます。千曲川は山間《やまあい》を丑寅《うしとら》（北東）の方角に流れ下り、越後に入ると信濃川《しなのがわ》と名前を変えます」

「うむ」

文史郎は地図上に描かれた千曲川の流れを目で追った。

「その千曲川が、豊田《とよだ》、坪山《つぼやま》、七ヶ巻《しちがまき》を経て、山深い谷間に入って行くと、間もなく、やや開けた盆地に差しかかります」

太平治は赤い線で丸く囲んだ箇所を扇子で差した。

「土地の者が和合ヶ原《わごうがはら》と呼んでいる平地です。その平地を挟んで、向かい側には天水山《てんすいざん》と菱ヶ岳《ひしがたけ》の二峰がそびえ立っている美しい谷間です。この和合ヶ原に午《うま》（南）の方角から千曲川に流れ込む二つの支流がありましょう」

太平治は和合ヶ原に流れ込む二本の支流を扇子の先で差した。

二本の支流は一つの山を左右から回り込むように谷間を流れ下り、千曲川に合流している。

「この左手の太い川が男川《おのこがわ》、右手の細い川が女川《めのこがわ》と土地の者に呼ばれております。そして、二つの支流の間に挟まれているなだらかな山が、地元では祇園山《ぎおんざん》と呼ばれております山でございます」

「祇園山と申すのか?」

「はい。おそらく千曲川が鬼門《きもん》である丑寅に流れるのを見て、鬼門除けとして祇園山と名付けたのでしょう。迷信深い者がおったのでございましょう」

太平治はにこやかに頭を振った。

「藩と私どもは協同で、この地域の開墾事業を行なおうとなったのです」

「ほう。で、どのような計画だというのかな?」

「これら二つの川の流れを途中で堰《せ》き止め、二つの堰《せき》を造り、灌漑《かんがい》用の溜池《ためいけ》にしようというのです。さらに和合ヶ原を開墾して、水路を造り、堰の水を引いて新たな水田を作る。一方で祇園山の斜面や男川、女川の渓谷の森を伐採し、山の斜面に桑を植えて桑畑を造り、養蚕の振興を計る。そういう計画なのです」

太平治は、大変さがお分かりかな、という顔をしている。

左衛門が頭を振り、文史郎にいった。

「これは大変な大事業ですな。殿も那須川藩主として、開墾事業をおやりになられたから、よく御存知でございますな」

　文史郎はうなずいた。

「開墾と一口で言うは易いが、人、金、労力がかかる難儀な事業だった」

　文史郎は、未開地の山野の開墾がどれほど大変なものか、郷里の那須川《なすがわ》藩の山林開墾事業で、いやというほど経験した。

　大勢の領民を徴用し、山林伐採を行なった。それだけでも大変な重労働なのに、今度は切り倒した大木の根を地面から引っこ抜いたり、原野のいたるところに埋まっている岩や石を取り除かねばならない。

　その後も、丁寧に小石を取り除き、耕作に適した土にしなければならない。

　川を堰き止め、灌漑用水にしようとすると、さらに大勢の人足を雇わなければならないし、費用も莫大なものになる。数年越しの年月をかけての開墾事業になる。

　開墾したからといって、必ずいい水田や畑になる保障はない。

　しかも、気紛れな自然が相手の開拓である。

　嵐が来て大雨が降り続き、山津波（土石流《どせきりゅう》）でも起これば、開墾地はたちまち流れて来た大木や石や岩だらけの荒地になってしまう。

太平治は文史郎や左衛門の言葉をきいて、ほっとした表情になった。

「いやあ、相談人様はお分かりいただけますか。それはありがたいこと。そうなのです、とてもではないが、一年や二年でできる事業ではありません。しかし、これをやることができれば、米や野菜の増産がはかれ、養蚕を盛んにすることができます。地元の百姓たちが豊かになれる。藩も石高が増えるだけでなく、養蚕の儲けで財政が豊かになる」

文史郎は太平治の魂胆も分かっていた。

「そして、おぬしの懐も豊かになるのだろう?」

「さようにございます」

太平治はにんまりと笑った。

「なのに……」

太平治は口をへの字にした。

「なぜか、この事業を目の敵《かたき》にする徒輩《やから》もいて、こうした脅迫状を送り付けて来るのでございます。ほんとうに迷惑千万なことで」

文史郎は訊いた。

「この脅迫状には『土蜘蛛』とある。いったい何者なのだ?」

「まったく存じません」

太平治は首を傾げた。

「心当たりはないか？」

「ありませんな」

「曲田殿を斬った谺一刀斎は、この土蜘蛛とやらの一味なのか？」

「おそらくそうではないかと。ほかに考えられませぬ故」

「藩の中に、この開墾事業に反対する者はいなかったのか？」

「藩主の本田助顕様の鶴の一声でございますので、藩内に異論があったとは耳にしておりませぬが……」

太平治は当惑した顔になり、大番頭の佐平を振り向いた。

「……大番頭さんは、何かそんな話をきいておいでかい？」

「開墾に反対する意見ではありませんでしたが、危惧する声はありました」

文史郎が佐平に訊いた。

「何を危惧するというのかな？」

「地元では、祇園山や和合ヶ原は神々がお住まいの神聖な地とされているそうでございます。そのような地を開墾するのは、神様がお怒りになられるのではないか、と申される方がおられました」

文史郎は左衛門と顔を見合わせた。

脅迫状の文言の趣旨とよく似ている。

「その者は？」

太平治が振り向き、佐平に訊いた。

「いったいどなたですか？」

「白山神社の神職の祭田祥嗣《さいたひろつぐ》様です」

「ああ、あの祭田様ですね。あの方には、開墾の鍬入《くわい》れをした際に、お祓《はら》いしていただいたではありませんか」

「はい。祭田祥嗣様は開墾に反対されたわけではなく、そうした危惧をおっしゃったので、旦那様が祭田祥嗣様に開墾が無事終わりますようお祓いの神事をお願いしたわけでございます」

「あ、そうでした、そうでした」

太平治はうなずいた。

大門が笑いながらいった。

「そうか。神主でしたら、そんなことを言いそうですな」

「大越屋、ほかに開墾に反対していた者はいないのかな」

「いるとすれば……」

太平治は言い淀んだ。

文史郎は太平治に話すよう促した。

「誰かね」

「……あまり考えたくないことなのですが、同業者で、この開墾事業を落札《らくさつ》できなかった人がいます。その同業者が……」

太平治は頭を左右に振った。

「いやいや、そんなはずはない。いくら事業から外されたとはいえ、まさか、同業者が人を殺《あや》めさせるようなことはするはずがありません」

「その同業者というのは、いったい誰だ？」

「……違うと思いますよ。ほんとに」

「違うとしても、一応、頭に入れておかねばいかん。いったい、誰なのだ？」

「そうですか？　分かりました。財前屋《ざいぜんや》さんです」

「財前屋？　同業の掛屋をしておると申すのか？」

「はい。財前屋さんは、うちと同様、大坂で諸藩の蔵元をなさっていて、そのうち掛屋も兼業するようになりましてな。今度の開墾事業についても、財前屋さんは、だいぶ前から信濃秋山藩から話をきいていて、出資に乗り気でした。筆頭家老の小峰《こみね》様の後押しがあったのですが、結局、入札価格が私どもよりだいぶ高かったそうで、落札できなかったのです。私どもとしては、事業を独り占めするつもりはなかったので、財前屋さんにいっしょにやりませんか、と申し入れたのですが、けんもほろろに断られた経緯もあります」

「ほほう。けんもほろろにか？」

「小峰様の後押しがあったので、落札できると思ってらしたのではないですかね」

「太平治、おぬしら大越屋の後押しをしておったのは、どなたなのだ？」

太平治はちらりと佐平に目をやった。佐平がうなずいた。

「うちは城代《じょうだい》の高浜晋吾《たかはましんご》様が後押ししてくれておりました」

「藩内は小峰派と高浜派に分かれて対立していると申すのか？」

「おおまかにいえば、二派があるという話でございまして、別に対立しているわけではありません。いまでは小峰様も高浜様も、ともに私どもを応援してくださっております」

左衛門が文史郎にちらりと流し目した。

文史郎は分かっている、とうなずいた。

おそらく、大越屋は筆頭家老の小峰主水丞《もんどのじょう》にも多額の付け届けを渡して、財前屋支持から鞍替えさせたのだろう。

「しかし、いくら藩主の本田助顕殿の鶴の一声とはいえ、皆が皆、開墾事業に賛成だったとは思えないが」

「そういえば、開墾事業に反対はしなかったものの、本田助顕様に忠告なさっていた方はおられましたが」

「なんの忠告だね」

「大越屋は、なんといっても、金儲けが主の商売人に変わりはありませぬと。ですから、本田助顕様にくれぐれもご注意なされるようにとおっしゃっておられたそうです」

太平治は苦笑しながらいった。

「私どもは政商とはいわれますが、政商にも良心というものがあると本田助顕様には申し上げているのですが」

文史郎は笑った。

「いったい、誰かな、そのような苦言をいったのは？」

「江戸の高徳寺《こうとくじ》の住職光顕《こうけん》様です」

「その高徳寺の光顕住職と本田助顕殿とは、どういう間柄なのか？」

「高徳寺は本田様の代々の御先祖様の墓をお守りなさっている菩提寺でして、光顕様は、その寺を守っている老僧です」

文史郎は腕組をして考え込んだ。

太平治は座り直し、文史郎の前に両手をついた。

「相談人様、いかがでございましょうか？　私ども大越屋をお護りいただけませんでしょうか？」

後ろに控えた大番頭の佐平も平伏した。

「なにとぞ、お願いいたします」

六

「大越屋の用心棒を引き受けたはいいものの、いかがいたそうかのう」

文史郎は懐手《ふところで》をして歩きながら思案した。

大門が顎の髯を撫でながらいった。

「しばらくの間、我々が交替ででも、大越屋に常駐し、用心棒らしく振る舞えばいいのではござらぬか。楽勝楽勝。これで、手拭いを頬被りして、もっこ担ぎをしないでもいい、となると用心棒ほど楽な仕事はござらぬぞ」

左衛門が頭を振ってぼやいた。

「大門殿は、いつもお気軽なのだから。いいですかな。相手は、土蜘蛛を名乗る得体《えたい》の知れぬ一味なのでござるぞ。その中には、翎一刀斎とやらの剣の遣い手もいる。しかも、次に誰を狙って来るのかも分からない。用心に越したことはござらぬ。相手が何者かが分からぬうちは、油断めされるな」

「爺のいう通りだ。敵が何者かが分かれば、少しも恐くない。怖れることもない。まずは、大越屋を誰が恨み、あのような脅迫状を書いたのか。それを調べるのが先決だな」

「さようでござる。殿、そも、あの大越屋太平治、なかなかの食わせ者ではありませぬか。自分は藩や領民が豊かになるためのお手伝いをしているですと。ついでに自分も儲けようと。本音は自分たちの儲けが一番ではないのですかね。爺には、あの太平治、偽善者に見えてならぬのですが」

大門がにやついた。

「爺様は辛辣《しんらつ》なものいいをなさるな。それがしは、大越屋は、そこまでワルではなさそうに思いますがなあ」

「大門殿は、甘い甘い。こうした開墾事業というものは、きまって裏があるもの。爺は、どうも、胡散臭《うさんくさ》さを感じるのでござる。何かありますぞ。あるから、あんな脅迫状を送り付けられる」

「そうだのう。爺のいう通りだ。何か、裏がありそうだな。大越屋は、開墾事業について、藩内に異論はなかったというが、一方だけの意見では分からない。信濃秋山藩の内情に詳しい者を見付けて、話をききたいな」

「殿、では、船頭の玉吉《たまきち》を呼び出しましょうか?」

「うむ。至急、そうしてくれ」

「畏まりました」

左衛門はうなずいた。

玉吉は、文史郎がまだ婿養子に行く前、松平家で部屋住の居候《いそうろう》をしていたころ、松平家で働いていた中間《ちゆうげん》だ。しかし、中間は表の顔。実はお庭番の一人でもあった。

玉吉は、その後、屋敷を辞して、猪牙舟の船頭となったが、いまも松平家のお庭番として働いている、と文史郎たちは見ている。

玉吉は船頭という職業柄、さまざまな人を乗せて江戸中を巡り、いろいろな話を耳にする。そのため、武家世界はもちろん、商家や公家《くげ》、普通の庶民の話まで、あらゆる話が玉吉のところに舞い込んでくる。

文史郎たち武士では、到底《とうてい》きけないような裏世界の話まで、玉吉は仕入れて来る。その意味で玉吉は重宝《ちょうほう》な男だった。

「爺、玉吉にこれまでの事情を話して、大越屋について何か悪い噂はないか、調べるようにいってくれ。入札合戦に負けた財前屋についてもだ」

「分かりました。これから船頭たちの溜り場へ行ってみましょう」

大門が文史郎にいった。

「ところで、殿、わしらは、いかがいたしましょうかの。敵が襲って来るのを、口を開けて待っているというのも能がない話。敵を知ってこそ百戦危うからずでござりますからな」

「そうだな。手始めに開墾事業に誰が不満を抱いているのか、調べるのが先決だな」

「そうですな。誰からあたりましょうか」

大門が文史郎の代わりにいった。

「爺さん、藩主に忠告したという坊さんからだろう。高徳寺の住職の光顕和尚だろう。

それから、お祓いをした地元白山神社の祭田祥嗣神主」

「うむ。高徳寺は江戸にあるからいいが、白山神社の祭田祥嗣神主は、地元信濃に行かねばならなくなるな」

「さようですな」

左衛門はうなずいた。

「…………」

文史郎はふと足を止め、手で二人を抑えた。

行きかけた大門が怪訝な顔をした。

「なんです？」

左衛門はすでに気付いて、前方に目を凝らしている。

安兵衛店に入る路地の出入口に、二人の男が佇《たたず》み、しきりに路地の奥を窺っていた。

二人とも町奴《まちやっこ》風で、人相が悪い。

左衛門がさっそくに二人に声をかけた。

「おぬしら、そこで何をしている？」

二人は文史郎たち三人を見ると、顔を見合わせ、行こうと顎をしゃくった。

「ちょっと待て」

二人はいきなり着物の後ろを尻端《しりはしょ》折りし、逃げ出した。

「おい、待て」

大門が追おうとした。

二人は振り返りもせず、一目散《いちもくさん》に駆け去った。

「逃げ足の速い連中ですなあ」

それに見るからに風体《ふうてい》の怪しいやつらでしたなあ」

大門は追うのをあきらめ、顎髯を撫でた。

左衛門は頭を振った。

「あやつら、何を窺っておったのでござろうな」

文史郎たちは安兵衛店の路地に入った。

木戸のあたりにおかみたちが集まっていた。

おかみたちは手に手に心張り棒を持って、騒いでいる。

「あ、お殿様たちだ」

「お帰りなさい。よかった、これで安心だわねえ」

「やっぱり、お殿様たちがいて長屋は安泰というわけよね」

おかみたちは文史郎たち三人を迎え、ほっとした表情になった。

「いったい、いかがいたしたのだ?」

左衛門が訊いた。

「それが、左衛門様、お殿様たち、きいてくださいよ。さっきまで怪しいやくざ者が何人も押しかけて来て、小さな男の子を匿《かくま》っているだろう、と長屋を一軒一軒巡り出したんです。隠すとためにならんぞって」

「そんな男の子なんぞおらん、帰れ帰れ、一昨日《おととい》来やがれって、みんなで男どもを追い出したところなんですよ」

おかみたちは心張り棒を振りかざした。

「まだ連中が残っていないか、みんなで捜していたところなんです」

「あんな連中にうろちょろされたら、恐くって、夜もおちおち寝られない」

細小路の奥から、四、五人のおかみたちの姿が現れた。おかみたちは文史郎たちを指差し、うれしそうに叫んだ。

「あ、お殿様だ! よかった」

「お殿様たちがお帰りになればもう安心」

赤ん坊を背負ったお福が手を上げ、急ぎ足でやって来る。

心張り棒を持ったお米の姿もあった。

おかみたちが訊いた。

「お福さん、そっちにもやくざ者はいた？」

「わたしたちが騒いだら、こそこそと裏木戸から逃げて行ったわ」

「それで木戸を閉めて、閂《かんぬき》を掛けて来た」

「今度来たら、袋叩きにしてやるぞって怒鳴っておいた」

お米たちは口々に報告した。

文史郎はおかみたちの威勢の良さにたじたじとなった。

「わしらも、路地の出入口で長屋を窺っている男二人を見かけた。きっと追い出された連中なのだろう」

「まあ、見張っていましたか」

おかみたちは血相を変えた。

「まだ懲りないのね。ちょっと様子を見て来る」

「大門様もいっしょに来て」

「お願い。大門様さえいれば百人力。恐いものなしだわ」

「分かった分かった。参る参る」

おかみたちは、大門の体を押しながら、木戸から路地へ出て行った。

文史郎は苦笑した。

「その無頼の者たちは、男の子を捜していたというのか」

「はい」

「では、あの女の子のことではないな」

「それがねえ、お殿様」

お福は声をひそめ、あたりに怪しい人影がないのを確かめた。

「ちょいといっしょに来てくださいな」

お福は文史郎の手をむんずと摑んで歩き出した。

「左衛門様もいっしょに来て」

お米が左衛門の袖を摑んだ。

「おっとっと。分かった。わしも参る」

お米がおかみたちにいった。

「みんな、あたりを見張っていて。怪しいやつがいたら、大声で教えて」

「あいよ」「任せておいて」「誰も近付けないよ」

おかみたちは口々にいい、細小路の前後を固めた。

お福は自分の長屋に文史郎を連れて行く。

「いったい、どうしたのだ？」

「それがね、お殿様。あの子、あんまり体が汚れているんで、きれいに洗ってやろうと、うちの餓鬼たちといっしょに湯屋へ連れて行ったんですよ」

「そうか。済まぬな。わしらが引き取ったのだから、わしらが面倒を見なければならぬのにな」

「なにをおっしゃいますか。お殿様たちに子供を育てることができるはずないじゃないですか。こういう子のことは、子沢山《こだくさん》のわたしらに任せてくれなくては」

お福の長屋からは、喧しい子供たちの声や女の子の泣き声が入り混じってきこえた。

お福は油障子戸に手をかけて、にやりと歯を見せて笑った。

「湯屋へ行ってね、嫌がる千代の着物を脱がせたら、あの子のあそこに、なんと立派な持ち物がついていたんですよ」

お福は油障子戸をがらりと開けた。

畳に折り畳んだ布団の上で、男の子たちがくんずほぐれつ、取っ組み合っていた。

「さあ、参ったか」

長男の大きい男の子が、色黒の小さい男の子を組み敷いていた。下になった男の子は泣きそうになりながらも、歯を食いしばり、抵抗している。

組み敷かれているのは、なんと捨てられた子だった。

「にいちゃん、やっつけろ」

「もうやめて」

ほかの兄弟姉妹は、長男と捨て子の争いを見守っている。

「あらら、健太《けんた》、いじめちゃだめじゃないの。あんたは一番上のお兄ちゃんなんだから、千代丸の面倒をみなけりゃ」

「千代丸だと？」

文史郎は左衛門と顔を見合わせた。

お福は背負った赤ん坊をあやしながら笑った。

「だって、千代は娘の名でしょう？　この子は女の子なんかでなくて持つものを持った立派な男の子だったんですよ。だから、千代ではなく千代丸って呼ぶことにしたんです」

お福は屈託《くったく》もなく笑った。

「なんだって。女の子じゃないだと？」

「そう。髪型にしろ、着物にしろ、女の子の格好をさせられていただけですよ」

「なんだそうだったのか」

文史郎は左衛門と顔を見合わせた。千代丸は男の子風に茶子坊の喝僧《がっそう》になっていた。

お福は健太を叱った。

「さあ、健太、千代丸を立たせて。二人とも仲直りするのよ」

長男の健太がおもしろくなさそうな顔で千代丸を押さえつけていた手を離し、立ち上がった。

途端に千代丸が立ち上がり、健太の足に組みついた。油断した健太は両足を掬《すく》われ、倒れて、後ろの壁にぶつかった。

健太はわっと火が付いたように泣き出した。

千代丸はやったあという得意気な顔をしていた。

「健太、あんた、お兄さんだろ。そのくらいで泣いてどうするの？　男の子なら、もっとしっかりおし」

お福は畳の間に上がり、健太を立たせて、頭を撫でた。健太はすぐに泣きやんだ。

お福は千代丸に向き直った。

「千代丸、あんたもいけない子だよ。あんたはうちの子になったんだからね。お兄ちゃんを敬《うやま》わなければ。健太は、あんたが小さいから本気を出さずに手加減していたんだから、お兄ちゃんをなめちゃあいけんよ。分かったかい？」

お福は千代丸の頭をこつんと叩いた。

「……………」

千代丸は小さな目をぎょろっと剝いて、お福を睨んだ。目がたちまちうるうるして涙が溜りはじめた。

「千代丸、分かったね。はいはい。千代丸はいい子だから、すぐ分かるね。いい子いい子」

お福は千代丸の体を引き寄せてそっと抱き締めた。手拭いで目の涙を拭い、千代丸の鼻に押しつけ、ちんと鼻をかませた。

「母ちゃん」「お母さん」

見ていた次男の小次郎《こじろう》、長女のおみね、次女のおとよの三人が、お福の体にまとわりついた。

「はいはい、あんたたちも、みんな可愛い、あたしの子たちだよ。みんないい子」

お福は笑いながら、駆け寄った三人を抱え込んだ。

健太は傍らで、羨ましげに子供たちを睨んでいた。

「さ、健太、千代丸もおいで」

お福は笑いながら健太と千代丸も引き寄せた。健太は照れ臭そうに、千代丸は不貞《ふて》腐《くさ》れたような顔でしぶしぶとお福の腕に抱かれた。

文史郎は千代丸の姿を眺めた。

千代丸は、男物の裾上げの着物に着替えさせられ、すっかり男の子になっていた。

「殿、やはりお福さんに、この子を預けてよかったですな。そのうち、兄弟姉妹に馴《な》染《じ》み、このうちの子になるでしょう」

「そうだな。千代丸にとっては、捨てた親よりも、育ての親がよくなるだろう」

お福がまとわりつく子供たちを離し、文史郎に向き直った。

「それで、お殿様、千代丸の着物を洗おうとしたら、襟のところに、こんな御札の袋が縫い付けられてあったんですよ」

お福は神棚に手を延ばし、小さな紫色の巾着袋《きんちゃくぶくろ》を取り、文史郎に差し出した。

「ほう?」

「お守りですかね」

左衛門が文史郎の手許を覗き込んだ。

巾着袋から御札が出て来た。

四折りにされた御札を開くと、家紋のような絵文字が描かれた布が入っていた。

疾駆する黒馬を丸で囲った絵柄だった。

「丸に馬の絵？　爺、このような家紋を見たことはあるか」

「いえ、ありませぬ。これは家紋ですかね。縁起物の絵馬のようにも見えますな」

馬の下に「顕」の朱印が捺《お》されてあった。

「この子の出自《しゅつじ》に関わる印章かもしれませんな」

文史郎は左衛門と顔を見合わせた。

お福は泣き出した赤子を背から下ろし、抱っこして豊かな乳房を出し、赤子に乳を飲ませはじめた。

周りを子供たちが羨ましそうに取り囲み、その様子を覗いている。千代丸も口をへの字にして、赤ん坊を見つめていた。

文史郎は左衛門を誘い、戸外に出た。

木戸の方から、おかみたちといっしょに大門があたふたとやって来るのが見えた。

「殿、あやつらの姿、どこにもありませなんだ。ご安心を」

大門は手拭いで汗を拭いながらいった。

第二話　谺一刀流残月剣

一

　大越屋太平治の依頼を一応引き受けたものの、考えてみれば、厄介な警護だった。

　主人の太平治の身辺警護だけだったら、二六時中、太平治に張りつけばいいが、それだけでなく、大越屋の奉公人、みんなを守ってほしい、という依頼なのだ。

　正直いって、文史郎たちわずか三人の相談人だけで、大越屋のみんなを守ることなんぞ不可能だ。

　しかも、土蜘蛛一味は、いつ何時、襲って来るかも分からない。

　そんな脅しに戦々恐々《せんせんきょうきょう》としていることこそ、土蜘蛛たちの思う壺でもある。

　おそらく土蜘蛛一味は、どこからか大越屋の店や太平治を見張っていることだろう。

文史郎たちは、その対策として、まず店先に『剣客相談人立寄所』と大書した看板を立て掛けさせた。

土蜘蛛一味に、大越屋には、我ら相談人が付いているぞ、という警告である。

もちろん、土蜘蛛一味には、そんな警告なんぞあまり効果はないだろうが、もし、土蜘蛛一味が本気で大越屋を襲おうと考えたとき、相談人と闘うのを覚悟しろ、という警告である。

それが土蜘蛛一味に、一瞬でも躊躇《ちゅうちょ》の気持ちを起こさせ、襲撃を思い留まらせるかもしれない。それを狙ってのことだ。

文史郎たちは、土蜘蛛一味に見せつけるために、大越屋に入るときに、わざわざ店頭に奉公人たち総出で出迎えさせた。

何ごとかと道行く人たちは立ち止まり、野次馬が集まった。

そうした中、文史郎たちは堂々と大越屋に入って行った。土蜘蛛一味への示威である。

文史郎たちの詰所として用意された部屋は、奥座敷の隣の六畳間で、普段は蒲団部屋として使われていた小部屋だった。

その部屋からだと、主人のいる寝間にも近く、店先で何か起こっても、すぐに駆けつけることができる。

とはいえ、二六時中、詰所の部屋に張りつき、土蜘蛛一味の襲撃に備えているのも能がない話だった。

敵を知れば、百戦危うからず。

守りだけに専念せず、敵の正体を調べ上げ、逆にこちらから打って出る。

攻撃は最大の防御である。

そのため、詰所には交替で誰か一人が泊り込むとして、残りの者たちは土蜘蛛一味を捜し、彼らの隠れ家を見付ける。そういう役割分担をすることになった。

初日の当番には大門が就《つ》き、文史郎は左衛門を連れて土蜘蛛一味調べをすることにした。

それにしても、土蜘蛛一味を調べるにも人手がいる。

文史郎は左衛門に船頭の溜り場に行かせ、玉吉を呼び出すように命じ、一人本郷《ほんごう》にある高徳寺へ向かった。

高徳寺は上野《うえの》の森からほど遠くない本郷にあった。

山門をくぐり、境内の掃除をしていた作務衣《さむえ》を着たお年寄りに、光顕和尚は御在宅かと訊ねた。

年寄りの堂守《どうもり》は、住職はいま本堂にて、お経を上げていると答えた。寺への来意を告げると、堂守は何もいわず、「こちらへ」と僧坊へと文史郎を案内した。

通りすがり、本堂から、低い読経の声明《しようみよう》がきこえてくる。

文史郎が通されたのは、僧坊の一室だった。

がらんとした何もない殺風景な部屋で、開け放った掃き出し窓から、小鳥たちの囀《さえず》りがきこえた。

堂守は、文史郎を一人部屋に残し、庭掃除に戻って行った。直ぐ様、どこからか小僧が現れ、盆に載せたお茶を運んで来た。小僧は一礼して、文史郎の前に差し出した。

境内は静かに流れる声明のほかに、物音一つきこえなかった。

静謐《せいひつ》。

文史郎はゆったりとした気持ちで茶を啜った。

しばらくすると、読経の声が終わり、あたりは静寂に包まれて行った。

やがて本堂と僧坊を結ぶ廊下に、数人の足音がし、修行僧たちを従え、年老いた僧侶が姿を現した。

「お待たせしましたかな。拙僧が、この寺の住職光顕でございますが」

光顕和尚は小僧に用意させた座布団に座り、文史郎に一礼した。

文史郎は挨拶のあと、すぐに大越屋から用心棒の依頼を受けた話をした。そして、信濃秋山藩の開墾事業の中止を求める土蜘蛛一味の話も、率直に和尚にぶつけた。

「和尚は、藩主本田助顕殿に、大越屋の支援を受けて開墾事業を進めることについて、用心なさるよう忠告をされたとの由。それは、いかなる疑念があってのことでござろうか？」

「愚僧が本田様に意見を申し上げたのは、忠告などではありませぬ。はっきりと大越屋と組むのはおやめなさいと申し上げたまでのこと。忠告としたのは、おそらく大越屋の勝手な言い草でございましょう」

光顕和尚は気負いもせず、しらっとした表情でいった。

「ははは。そうでござったか。なぜ、大越屋と組むのに反対なさったのですか？」

光顕和尚は財前屋を推《お》しているのか、と文史郎は勘繰《かんぐ》った。

「かといって、ほかの掛屋と組むのがいいということではないのです。掛屋はどんないいことをいっても、結局は金儲けが狙い。藩を食い物にしようという徒輩です」

「なるほど。そういう面もありますな」

「ですから、付き合いもほどほどに、ほどほどに、と申し上げたのです」

「ほどほどに、ですか？」

「そう。藩主は領民の幸せのことを考え、大きな利得を求めず、ほどほどに利することをお考えになられたらいい、と申し上げたまで」

「そうだったのですか」

「信濃秋山藩は、もともと北信濃四郡を合わせて領地とした小さな藩です。石高も、もとはといえば、二万五千石の大きからず、小さからずの石高の藩です。それが、先代の御館様のときに、養蚕をお始めになり、平地を開墾して、米の増産を図った。これが見事に成功して、いまの三万五千石になったのです」

「なるほど」

「確かに藩財政は実入りがよくなり、豊かにはなりましたでしょうが、はたして、民百姓は豊かになったのか？　在所の者にいわせれば、あいかわらず、民百姓の生活は楽になっていない。一部の者だけが肥え、万骨枯《ばんこつか》るの状態だときいています」

「ふうむ。そうでしたか」

「大越屋など政商の甘言《かんげん》に乗せられて、開墾事業などに手を出し、大きな利を得ようとするのは、藩内に燻《くすぶ》る政争の火に油を注ぐようなもの。そのようなことはおやめになった方がいい、と申し上げたのです」

「その政争とはなんですか？」

文史郎は疑念を呈した。

光顕和尚は静かな面持ちで、文史郎の顔をまじまじと見た。

「信濃秋山藩内には、昔から根強い対立があるのは御存知かな？」

大越屋太平治の話とは、だいぶ様相が違うのに、文史郎は驚いた。

「筆頭家老小峰主水丞と、城代高浜晋吾の対立ですかな？」

「その通り。よく御存知でしたな」

「その対立の根は何でござったのか？」

「お世継ぎをめぐっての争いです」

「やはりのう」

文史郎は、かつて那須川藩主、若月丹波守清胤だったとき、後継ぎをめぐって大揉めに揉め、結局は自分が争いに敗れて、若隠居させられたことを思い出した。

どこの藩主も、藩存続のため、いつも後継ぎのことを考えねばならない。失敗すれば、藩主として責任を取らねばならない。

家老ら藩執政たちも、自分たちが生き残るためもあって、まずは御家大事を考え、藩主の後継ぎを用意して、御家の安泰を図ろうとする。

そのとき、必ずといっていいほど、跡目相続をめぐって意見の衝突が起こり、藩内に内紛が起こるものだった。

光顕和尚はため息を洩らしながら話した。

本田助顕には、正室側室との間に、世継ぎとなる男子はおらず、それぞれに娘が一人ずついた。

正室牧《まき》の娘は桜子《さくらこ》十二歳、側室桔梗《ききょう》の娘は美幸《みゆき》十歳である。

本田助顕は、先代宗顕《むねあき》の嫡子ではなく、先代の娘郷《ごう》の婿養子だった。そのときにも、お世継ぎの養子縁組をめぐって、当時江戸家老の小峰主水丞と、城代の高浜晋吾の間で激しい争いがあった。

このときは、助顕を推した城代の高浜晋吾が勝利した。藩主の座に就いた助顕は、若くして聡明で、後継者争いに負けた江戸家老の小峰を筆頭家老に抜擢し、両派の対立を上手《うま》く収めた。

今度は本田助顕の嫡子がいないことから、再び小峰派と高浜派の間で、婿養子を迎えるための争いの火が燻《くすぶ》り出したのだった。

筆頭家老の小峰派は正室の桜子に婿養子を迎えようとし、城代の高浜派は側室の美幸に婿養子を迎えようと画策を始めた。

小峰が正室お郷の方からの信頼を受けているのに対し、側室の桔梗が高浜の姪にあたることから、当然のこと高浜は桔梗の子を推す展開になった。

筆頭家老は、藩主に次ぐ権力者だったが、江戸屋敷に居ることが多く、在所のことは城代に任せていた。

城代は在所に居て、藩主や筆頭家老が参勤交代で江戸に詰めている間、藩主に代わって絶大な権限を持っていた。

お世継ぎ問題は、その筆頭家老と城代の間の権力争いの火種になっていた。

そこに降って湧いたのが、山間部を伐採しての開墾事業である。

筆頭家老の小峰は江戸家老の時代から親しく付き合っていた掛屋の財前屋駒五郎《こまごろう》の支援を受け、その開墾事業をやろうとした。

それに対抗して、城代の高浜は、同じ掛屋大越屋太平治の資金と人材を入れて、開墾事業を行なおうとした。

両者の対立が激化するのを恐れた藩主本田助顕は、両者に和解を命じた。世継ぎについては、正室の桜子に婿養子を迎えることで、筆頭家老の小峰の顔を立て、開墾事業については、城代の高浜が推す大越屋の資金と人材で行なうという妥協案である。

筆頭家老の小峰と城代の高浜は、藩主の妥協案を無条件で受け入れ、双方は円満に和解した。

かくして、両者合意の上で、藩は開墾事業を行なうことになったのだが……。

「大越屋も財前屋も、現世の御利益のみを求める金の亡者たちです。金の亡者が進む道は、地獄への道。決して、魂が救われる仏の道ではありません。そんな亡者たちに藩主は惑わされてはいけませんと申し上げていたのです」

話を終えた光顕和尚は手を合わせた。

「そうでしたか」

文史郎は腕組をし、考え込んだ。

光顕和尚はいった。

「あなたたち相談人殿も、大越屋の用心棒なんぞに雇われてはいけません。悪いことはいいません。仏の道に反することをやるようにならぬうちに、すぐにでもお辞《や》めなさい」

「御忠告、ようく心に留めておきましょう」

文史郎はうなずいた。

「ところで、和尚、それがしたちが大越屋に雇われたのは、土蜘蛛を名乗る者からの脅迫状が届いたためでござった。すでに、信濃秋山藩の侍頭が、その土蜘蛛一味の刕一刀斎という輩に闇討ちに遭い、斬殺されました」

「なんと、恐ろしい……」

光顕和尚は合掌し、南無阿弥陀仏《なむあみだぶつ》と唱えた。

「和尚、その土蜘蛛について御存知か？」

「……きいたことがありますな。拙僧がまだ若かったころ、もう二十年ほど前になりましょうか、信濃秋山藩の在所にある本田家代々の墓で法要が行なわれたことがありました。当寺の住職として招かれ、在所を訪れたのですが、その折、土蜘蛛と呼ばれる一族について耳にしたことがあります」

「在所で耳になさった？」

「さよう。土蜘蛛と呼ばれる一族は、地元の秋山渓谷の奥地に棲みついているときました」

「ほう」

「もともとは、秋山の郷の奥に逃げ込んだ平家の落ち武者たちの子孫で、山奥で細々と隠れ暮らしていた人たちだと」

文史郎はふと疑問を抱いた。

「なぜ、土蜘蛛と呼ばれていたのですかな？」

「彼らは渓谷の森林の中にある無数の洞窟に穴居生活をしているからですな。彼らは地元の人たちとほとんど交流せず、周囲から孤立した暮らしをしていた」

「ふうむ」

「しかし、平家の落ち武者の子孫といわれてもさもありなんというほど、みな色白で、高貴な気品のある人々だそうで、なかでも女人は天女のように美しいという噂でした」

光顕和尚は思い出し笑いをした。

「山菜採りで森の奥に迷い込んだ村人の話では、落ち武者の隠れ郷はまるで桃源郷《とうげんきょう》のようだったとのこと。そのため、村の若者の中には、森の奥に入ったまま二度と里に還らなかった者もいるそうだった」

「ほう。そんなこともあったのですか」

「助顕様も、そんな話をきいて、落ち武者の隠れ郷に興味を抱き、狩りに出かけた折に、何度も森の奥に足を踏み入れたそうです」

ある冬、助顕は家来衆を何人か連れて、兎《うさぎ》狩りで、森の奥に入ったが、雪がひどく深く、道に迷ってしまい、何日も帰って来なかった。

在所では、きっと助顕一行は雪で遭難したのだろうと、大騒ぎになった。しかし、大吹雪が何日も続き、救援隊も出せずにいた。何日も経ち、ようやく吹雪が収まったので、捜索隊を出したが見つからずあきらめかけていた。ところが十日ほど経って、助顕一人だけが、麓の村人にともなわれて戻って来た。

助顕は凍傷《とうしょう》にもかからず、元気だった。御家来衆は行方知れずになったままだった。

「助顕様は、いったい雪山の中で何があったのか、まったく覚えていないというのです」

「御家来衆は？」

「二度と戻って来なかった。だが、遭難した助顕様が無事戻って来られたのは、隠れ郷の住民が助けてくれたからだろう、という噂が流れたのです」

「つまり、土蜘蛛が助顕殿を助けたというのか？」

「あの山奥には、ほかに誰も住んでいないので、そういう噂が立ったのでしょうな」

「それは、いつごろの話ですか？」

「五、六年前ですかな」

光顕和尚はうなずいた。

文史郎は考え込んだ。

その土蜘蛛一族が、わざわざ江戸へ出て、大越屋に信濃秋山藩の開墾事業から手を引くように脅し、一方で藩要路の闇討ちを始めた？

おそらく、土蜘蛛一族は大越屋や信濃秋山藩の進める開墾事業を怒っているのに違いない。

二

文史郎は庭で掃除をしていた堂守の年寄りに礼をいい、山門に向かって歩き出した。

境内のナナカマドが、少し赤く色付きはじめていた。

今年の秋は早いかもしれない。

山門の前には左衛門の姿があった。

「殿、玉吉に会って、土蜘蛛一味について早速に調べるようにいいました」

「そうか。玉吉のことだ、きっといい話を嗅ぎ付けてくれることだろう」

「これから、どちらへ？」

「曲田兵衛殿が闇討ちされた場所だ」

「大番頭の佐平からきいた。蓮妙寺《れんみようじ》の竹林だそうだ」

「場所は御存知で？」

「蓮妙寺ですと？」

「ここから、さほど遠くないそうだ」

文史郎は懐手をして歩き出した。

堂守の年寄りの話では、山門を出て、そのまま坂を下り、水戸《みと》殿の屋敷に出る。屋敷の築地塀に沿って進むと掘割に突きあたる。

その掘割を渡らず、掘割沿いの道を道なりに北の方角へ歩く。すると右手に入る通りに出る。

その通りを辿って行けば、信濃秋山藩の上屋敷に至る。道の途中、右側に竹林の梢越しに、蓮妙寺の甍《いらか》が見えるといっていた。

堂守のいっていた通りに道を辿ると、やがて右手に竹林が見えてきた。竹林越しに重々しい甍が見えた。

「殿、あれですな」

「うむ」

竹林に数人の人だかりも見えて来た。着流しの上に黒い羽織を着た同心たちが、杖を持った捕り手たちにあれこれ指図している。

周囲に野次馬たちが屯《たむろ》し、竹林を覗き込んでいた。

文史郎と左衛門は竹林の入り口に立った。

竹林の中の小道は寺の境内まで延びていた。

捕り手が杖を横にして、行く手に立ち塞がった。

「おや、殿ではござらぬか」

同心の一人が目敏《めざと》く文史郎を見付け、手を上げた。

南町奉行所定廻《じょうまわ》り同心の小島啓伍《こじまけいご》だった。

「なに、左衛門様もごいっしょではないですか」

「うむ。邪魔するぞ」

文史郎は捕り手の杖を除けた。

「その方《かた》はいい。お通ししろ」

文史郎と左衛門は小道に入り、竹林の中に足を進めた。

小島はほかの同心たちに、文史郎と左衛門を紹介した。

「これはこれは、お揃いで、いったい、どういう風の吹き回しですか?」

左衛門が小島に簡単に経緯《いきさつ》を話しはじめた。

文史郎は竹林の中に目をやった。
小道の真ん中に黒々とした提灯の燃え滓《かす》が転がっていた。
その先に孟宗竹《もうそうちく》が折り重なるように、斜めに倒れている。数十本はあろうか。
さらに地面から突き出たような孟宗竹の切り株があった。
文史郎は竹の切り株の前に立った。
竹の切り株は、一つの大きな円を作るように立っている。
そうした切り株の円は、手前と奥の二カ所作られてあった。
「殿、奥の方の切り株の中で曲田兵衛殿は斬られたとのことです」
小島が奥の円を指差した。
「うむ」
奥の方の円の中に、血溜りの染みが土の上に残っている。
「…………」
文史郎はしゃがみ込み、竹の切り口を調べた。
いずれの竹の切り株も、一刀の下、すっぱりと斜めに切り下ろされている。
文史郎は内心で唸った。
どの切り口も、乱れがない。同じ人物が周囲を巡りながら、目にも止まらぬ速さで切り下ろしたものだ。

一本、二本の孟宗竹を切り倒すのは、己でもできる。

だが、円を作るように、周りを駆け巡りながら、立て続けに孟宗竹十数本を切り倒すのは至難の技だ。

文史郎は頭の中で、竹の中に立つ曲田兵衛相手に反撃の隙を与えず、飛ぶような速さで、周囲の竹を切り倒す谺一刀斎の姿を思い描いた。

谺一刀斎。恐るべし。

「殿、これはかなりの腕前ですな」

左衛門が傍らからいった。

文史郎は何もいわず、竹の切り株の円から、外に目をやった。

「…………?」

一歩歩くたびに、足が柔らかな土に沈む。

文史郎は円から少し離れ、あらためて周囲の地面を見回した。

堆《うずたか》く積もった竹の葉の地面が、激しく乱れている。

文史郎は、その場にしゃがんだ。

人が両膝をついてできた窪み、大勢が踏み荒らした跡、手や肘をついたような跡、その場に身構えてしゃがんだような形跡だ。

「そうか。そういうことか」

「殿、いかがなされた？」

小島が訊いた。

「どうなさったのです？」

左衛門も怪訝な顔をした。

文史郎は、再び、二つの切り株の円の周囲を歩き回った。

「一刀斎一人ではないな。周囲に土蜘蛛たちが詰めかけていたのだ。獲物を逃がさぬように、取り囲んでいたと見える」

文史郎は静まり返った竹林を見回し、円の一つが小道にかかっているのを確かめた。

「そうか。罠か。罠だったのか」

左衛門が訊いた。

「殿、どういうことですか」

「予《あらかじ》め、小道のこのあたりの周囲の竹を切って、また元に戻しておいたんだ。そして、この円の中に、獲物をうまく誘い込み、周囲に詰めた勢子《せこ》たちが一斉に竹を押し倒す」

「なるほど」

「獲物は周囲の竹が倒されるので、一瞬たじろぐ。一刀斎は、その機を逃さず、刀を突き入れ、獲物を刺突する」

「ですが、円は二つありますが」

「さすが曲田兵衛は柳生新陰流免許皆伝の腕だ。一瞬たじろぎはしたが、間一髪《かんいっぱつ》、刺突の刃から身を躱した。そして、第一の円の囲みを破り、正面の一刀斎に斬りかかる」

文史郎は奥の切り株の円を指差した。

「そこが第二の円の罠だ。自ら飛び込んだ曲田は、また周囲の竹が倒され、左右に逃げられなくなる。すぐには身動きできない曲田兵衛に、一刀斎は真っ向袈裟懸けに刀を切り下ろした」

文史郎は竹林の梢に目をやった。

いかな一刀斎とて、竹林の中では刀を左右に振り回せない。

おそらく一刀斎は、上に飛んだに違いない。

そして、落下する勢いを乗せて、大刀を曲田兵衛の頭上に打ち下ろす。

一刀両断か。

　文史郎は一刀斎の跳躍して切り下ろす姿を想像し、全身の毛が総立ちになった。

「殿、おっしゃる通りです。遺体は頭を真っ二つに割られていました。曲田殿が受けた太刀も叩き割られていました」

　小島は静かな声でいった。

「そうか。そうだろうな」

「従者の小者が、確かにきいたそうです。相手は谺一刀斎と名乗り、剣は谺一刀流残月剣だと」

　谺一刀流残月剣。

　文史郎は深く脳裏に、その殺法を刻み込んだ。

「小者は、主人曲田殿が絶命したのを知り、主人の仇を討とうとしたが、そのときには、すでに一刀斎をはじめ、周囲にいた影法師たちは引き揚げてしまっていたそうです」

「ふうむ。逃げ足も速いな」

「小者によると、周りに迫っていた影たちの動きは、およそ人のものとは思えなかったそうでした」

　文史郎は訝った。

「人の動きとは違った？」

「まるで蜘蛛が動き回るようだったと。地べたを素早く走り回り、竹の葉を踏む音だけがきこえたそうです」

小島は十手を玩《もてあそ》びながらいった。

左衛門がいった。

「土蜘蛛一味だ。殿、襲った曲者たちは、脅迫状にあった土蜘蛛一味に違いないですぞ」

「ううむ」

文史郎は、竹林の中の地べたの上を、かさこそと竹の葉の音を立てながら、蜘蛛のように動き回る人影を頭に浮かべた。

蜘蛛か。

土蜘蛛一族は、名が体《たい》を表わしているということか。

左衛門が小島に訊いた。

「小島殿、その下手人たちの行方については何か分かったか？」

「この先の蓮妙寺境内に逃げ去ったとのことでした。遅れ馳せながら、捕り手たちを差し向けたのですが、蓮妙寺には怪しい者たちの姿はありませんでした」

「寺の者で、彼らの姿を見た者はいなかったのか？」

「賄《まかな》いのために早起きした見習い僧が、どこからか尺八の音色がきこえたそうです」

「尺八の音色だと？」文史郎は訝った。

「はい。見習い僧によると、尺八は長唄残月を奏でていたようだと」

「ほほう。長唄残月を知っているとは、粋《いき》な見習い僧だな」

「頭巾を被って顔と頭を隠し、いそいそと吉原《よしわら》通いをする坊さんもいますからね。坊さんとはいえ、風流人が多いのです」

長唄残月？

谺一刀流残月剣の名は、長唄の残月だったというのか？

「その尺八の音が終わって間もなく、竹林の方でいったん騒ぎが起こり、しばらくして静かになった。その後、境内を音もなく駆け抜ける一団の黒い人影がいたのを見た」

「そやつらは境内を駆け抜け、どちらの方角へ行ったというのだ？」

「影たちはつぎつぎと身軽に塀を乗り越え、隣接する畑に逃れ、その先の森の方に駆けて行ったそうです」

「信濃秋山藩の江戸上屋敷は、確か水戸殿の屋敷の近所だったな」

小島は竹林の前の道を指差した。

「はい。その道を、そのまま道なりに進んで行けば、信濃秋山藩の上屋敷に出ます」

左衛門がうなずいた。

「そうすると曲田兵衛殿は宴会で酒を飲んだ後、小者を従え、上屋敷へ帰る途中に土蜘蛛一味に襲われたということですな」

「なぜ、曲田兵衛は、上屋敷へ通じる道を、そのまま行かず、わざわざ竹林の脇道に入ったのかな?」

文史郎は疑問を口に出した。

左衛門も首を傾げた。

「そうですな。真直ぐに帰ればよかったのに」

小島がうなずいた。

「それがしも、疑問を抱いたのですが、御供の小者によりますと、曲田兵衛殿は蓮妙寺の境内からきこえた尺八の音をきき、月の夜に風流な人がいる、といって、竹林の中に入ったと申していました」

「罠が仕掛けてあるとも知らずに」

文史郎は心の中で唸った。

しかし、もし、自分も通りすがりに尺八の音をきけば、曲田兵衛と同様、月の下で尺八を吹いているのは、いかなる御方かと、きっと興味を抱いたに違いない。おそらく己も好奇心に駆られて、竹林を通り蓮妙寺の境内に見に行こうとしただろう。

左衛門が小島に尋ねた。

「小島殿、これまでに下手人たち、土蜘蛛一味の行方について、何か手がかりは得ておられるのかな」

「残念ながら、いまだ、何も手がかりはなしでござる」

小島は頭を振った。

「しかし、忠助《ちゅうすけ》親分や末松《すえまつ》たち十手持ちを総動員して、行方を捜させていますんで、いずれ、何か手がかりを摑んで来ることでしょう」

「では、小島、何か分かったら、拙者たちにも知らせてくれ。敵は手強《てごわ》い。忠助親分たちにも重々気をつけるよう、いってほしい」

「分かりました。十分に気をつけるようにします。何か分かりましたら、お知らせします」

「頼んだぞ」

文史郎は左衛門に目配せし、小島と別れて、竹林をあとにした。

左衛門は黙って文史郎の後ろについた。

三

文史郎と左衛門が日本橋の大越屋に戻ったのは、だいぶ陽が傾いた夕方近くだった。

大越屋は手代や丁稚ら奉公人たちが暖簾を片付け、店仕舞いを始めていた。

「相談人様、お帰りなさいませ」

大番頭の佐平が愛想笑いを浮かべて迎えた。

「何か変わったことはなかったかな？」

「はい。お陰さまで、いままでのところ、何もありません」

「大越屋太平治殿は？」

「いま、信濃秋山藩の江戸家老様から呼ばれて、江戸屋敷へ伺いました」

「大門が警護に就いたのだろうな」

「いいえ。江戸屋敷からの駕籠が差し向けられておりましたし、警護の藩士たちが付いていましたので、大門様にご足労をお願いする必要はないだろうと」

佐平は遠慮がちにいった。

「では、大門は詰所の間《ま》におるのか?」

「さようにございます」

「そうか。では、大門はさぞ退屈しておろうな」

文史郎は左衛門と笑い合った。

「佐平、仕事が片付いたら、部屋に来てくれぬか?　ちと尋ねたいことがある」

「はい。分かりました」

佐平は腰を折ってお辞儀をした。

控えの間では、大門が退屈しきっていた。

大門は座り直し、嬉しそうな顔で文史郎と左衛門を迎えた。

「殿、左衛門殿、お帰りなさい」

「何か変わったことは?」

「特にはありませぬな」

大門はぼりぼりと尻を掻いた。

「殿の方は、いかがでござったですか?」

文史郎はこれまで聞き込んだことを掻い摘んで話してきかせた。

「そうでござったか。やはり、太平治の話だけを信じてしまっては、いかんですな」

大門は顎鬚を撫でた。

左衛門も考え考えいった。

「殿、土蜘蛛一族が開墾事業に反対する理由は何なのかを、もっと調べなければいけないようですな。もしかすると、開墾事業によって、山族の彼らの神聖な土地が犯されると考えているのかもしれませんぞ」

「そうだのう。それはありうることだな」

「しかし、殿、信濃秋山藩の本田助顕殿は、雪山に迷ったとき、土蜘蛛一族に助けられたという恩義があるのではないですか。その助けられた土蜘蛛に、開墾事業を推し進めることは、恩義に反することではないのですかな。なぜ、本田助顕殿は、そんな恩義に反することをやろうとしているのですかね。そこも、一つ分からないところではある」

「まだ、裏がありそうだな」

「ごめんくださいませ」

廊下から大番頭の佐平の声が響いた。

「もし、相談人様の方々」

「おう、番頭さん」

左衛門が振り向いた。

佐平が廊下に座っていた。

「お邪魔してもよろしうございますか」

「おう、入って入って」

左衛門が佐平を招き入れた。佐平はおずおずと控えの間《ま》に膝を進めた。

「何か、わたくしめにお話があるとか。いったい、なんでしょうか」

佐平は神妙な顔付きで、文史郎に頭を下げた。

「ほかでもない。おぬしの代わりに、信濃秋山藩領に出張した番頭が行方不明になったと申しておったな」

「は、はい。二番番頭の邦吉のことでございますな」

「邦吉は開墾の進捗状況を視察に参ったと申しておったな。それで、いったい、邦吉の身に何があったというのだ？」

佐平は困った顔をした。

「……それが、詳しく分からぬので、小番頭の久米吉《くめきち》とその配下の者たち五人を急遽派遣して捜索させることにしたのです。ですから、久米吉たちが帰って来なければ事情は分からないのですが」

「最初の報告でいい。おぬしたちが邦吉の行方不明という知らせを受けたとき、どういう状況だったのか、多少の説明はあったのだろう？　いつ、どこで、どんな風にと」

「はい。それは、こういう話でした」

佐平は考え考え、言葉を選びながら話し出した。

二番番頭の邦吉が現地に派遣されたのは、一ヵ月ほど前のことだった。

現地、北秋山郡の和合ヶ原や男川、女川の上流に、それぞれに普請小屋や飯場を造り、それらを拠点として、樵夫や人足を集めて開墾を行なっていた。

各普請小屋には、信濃秋山藩の普請方の下、樵夫や人足たちが山林や原野を拓《ひら》いたり、河川の堰を造っていた。

開墾には大勢の樵夫や人足が必要になる。

もともと、人口の少ない山村である。現地の村民たちを賦役《ふえき》で徴発すれば、村人たちはお米や野菜を作ることができなくなり、生活していけなくなる。

これでは、なんのための開墾なのか分からなくなる。

人手は他所から調達しなければならない。

大越屋は、藩に代わって、開墾に必要な樵夫や人足を他所で募り、金で雇って、各々の飯場に送り込んでいた。

樵夫や人足は危険な仕事柄、乱暴者や荒くれ者が多い。

大越屋は、そういう荒くれ者を扱うのに慣れた浪人者や町奴を労務の組頭として何人か雇い、現地に送り込んでいた。

信濃秋山藩の普請方の役人と、大越屋の組頭とは、しばしば普請のやり方や進め方、あるいは賃金をめぐって折り合いがつかぬことがある。

数カ月前から、藩の普請方と大越屋の組頭との間で対立が起こり、さらに樵夫や人足たちの待遇についての不満がからんで開墾作業が滞《とどこお》っていた。

二番番頭の邦吉が派遣されたのは、そうした現地の揉め事を収めるためだった。

「二番番頭の邦吉は元侍上がりで、腕っ節も強く、度胸もあり、ちょっとやそっとの出入りや揉め事に動じない男です。その点では、私よりもよほど、こうした現場の揉め事を収めるのが上手《うま》い番頭でした」

佐平は頭を振った。

「その邦吉が国許に入って間もなく、男川の奥地に行ったまま、帰らなくなったのです」

「ほほう。何があったのか？」

「それが分からないのです。和合ヶ原の普請小屋にいるうちの小番頭からの手紙では、男川の飯場で人足と樵夫たちが、普請方と激しく対立して、作業が止まっている、と。そのため、諍いを収めようと邦吉が男川の飯場へ出掛けたものの、飯場にも着かずに行方知れずになったというのです」

「どういうことかな」

文史郎は左衛門と顔を見合わせた。

「私どもも、いったい、何があったのか分からないので、小番頭の久米吉を在所に行かせたというわけです」

佐平は困惑した顔だった。

文史郎は佐平を見ながらいった。

「もしや、邦吉は土蜘蛛一味に攫《さら》われたのではないのか？」

「……だとしたら、やはり土蜘蛛の脅し通りということですかね」

佐平は顔をしかめた。大門が顎鬚を撫でながらいった。

「殿、いったい、何が起こっているのか、我らも現地に行ってみる必要があるのではござらぬか？　江戸では分からぬことがあるに違いない」

「殿、爺も大門殿と同じ意見ですな。こちらで起こっていることと、北秋山で起こっていることと、どこかで繋がっているような気がしてなりません」

　左衛門は腕組し、考え込んだ。

「ううむ」

　文史郎は佐平に顔を向けた。

「佐平、このたびの開墾事業だが、いったい、誰の立案なのだ？　ほんとうに藩主の助顕殿から持ちかけられた話なのか？」

「それは確かにございます。ただ……」

　佐平はいっていいものか、悪いものか、一瞬迷った様子だった。

「ただ、なんだというのだね」

「もともとは、城代の高浜晋吾様がいいだしたことなのです」

「高徳寺の光顕和尚の話では、筆頭家老の小峰主水丞が掛屋の財前屋の支援を受けてやろうとしたときいたが」

「いえ。それは光顕和尚様の誤解です。ほんとうのところ、開墾事業の計画は、城代の高浜晋吾様が立案したことです。高浜様は本田助顕様に、先代様よりも禄高を一万石も引き上げるようにしようと焚き付けたのです。一方で、高浜様は旦那様に資金面、人材面で支援してほしい、いっしょにやらないか、と持ちかけて来たのです」

「なるほど」

「逆に、それを知った財前屋は、すぐに筆頭家老の小峰様に話を持ち込んだのです。だが、結局、競争入札で財前屋はうちに負けて下《お》りたというのが真相です」

「そうか。城代が考えたことだったのか」

「やはり城代は、いつも在所にいて、日頃から地元の様子を見ています。それに対して、筆頭家老の小峰様は、江戸家老が長く、在所に戻ることは少ないし、地元との関係は薄い」

「ううむ。なるほどのう」

文史郎は腕組をした。

佐平があたりを見回し、人がきいていないのを確かめた。

「実は、旦那様があえていわなかったことがあります」

「なんだね？」

「あくまで推測で、根拠や証拠があるわけではないのですが、それをご承知おき願いたいのですが」

「いいだろう」

「旦那様も私たちも、土蜘蛛の脅迫状にせよ、地元での騒動にせよ、闇討ちにせよ、そうした一連の出来事の背後に財前屋さんがいるのではないか、と疑っているのです」

「ほう、財前屋が？　なぜだね？」

佐平は声をひそめた。

「万が一、開墾事業がうまく行かなかったら、大越屋ばかりか、城代の高浜様は責任を取らされ、引責せねばならぬでしょう。うちも、おそらく破産し、店を畳む羽目になりましょう」

「ふうむ」

「そうなったら、財前屋が支援している筆頭家老の小峰様が藩の実権を握ることになりましょう。お世継ぎも小峰様が推す正室牧の方様の桜子様に婿養子を取ることになっており、小峰様の陣営は万万歳となりましょう」

「そうか。そういうこともあるな」

文史郎は左衛門、大門と顔を見合った。

「うちが競争入札で勝ち、開墾事業をやることになったとき、藩主の本田助顕様の仲裁もあって、財前屋に共同出資事業にしないか、と持ちかけたことがありました。すると財前屋駒五郎は嘲《せせ》ら笑い、けんもほろろに断って来たのです。うちが開墾事業をできないとなり、全部を財前屋に渡すなら、いつでも引き受けると。あまりに馬鹿にした回答なので、こちらからご遠慮願ったことですけどね」

佐平の口調には、財前屋駒五郎への怒りが籠もっていた。

廊下に足音がきこえた。話し声もする。

主人の太平治が戻った様子だった。

佐平が急いで腰を上げた。

「大番頭さんは、どこにいる?」

大越屋太平治の問う声がきこえた。

「こちらにおります。お帰りなさいませ」

佐平は廊下に出て、太平治を出迎えた。

「おうそうか。相談人様のところだったか。ちょうどいい、ぜひとも、相談人様たちにきいていただきたいことがあり申す」

太平治はばたばたと足音を立てて部屋に入り、文史郎の前に膝行した。

「どうした、太平治。そんな血相を変えて。いったい何があったというのだ?」

文史郎は静かに問うた。

太平治は頭を振った。

「本日突然、助顕様からお呼び出しがあり、急いで上屋敷へ上がったのです。そうしたら、助顕様は人払いすると、内密に相談人様に会わせてほしい、とおっしゃられたのです」

「我らに会いたいと申されるのか？」

「さようで。それも、今日中にお会いして、相談人様にお願いしたいことがあるので、これからでも上屋敷へお越し願えないかと」

「これから？」

文史郎は左衛門や大門と顔を見合わせた。

よほど、差し迫った用事に違いない。

「ぜひとも、お願いいたします」

太平治は文史郎たちに平身低頭して、懇請した。

四

文史郎たちが、信濃秋山藩の江戸上屋敷に入ったときには、あたりはすっかり暗くなっていた。

文史郎たちを玄関先に出迎えたのは、白川大吾《しらかわだいご》と名乗る初老の側用人だった。

白川は太平治と目顔で挨拶すると、太平治に、その場に残るようにいい、さっそくに文史郎たちを奥の書院に案内した。

書院は離れになっていて、母屋から渡り廊下を進んだ先にあった。周りは竹林や庭木に囲まれ、静けさに包まれていた。

藩主の本田助顕は、しばしば書院に一人籠もり、書物を読んだり、書き物をするとのことだった。

側用人の白川が部屋を下がったあとは、茶坊主がお茶を運んで来ただけで、あたりは人気《ひとけ》もなく静まり返った。人の話し声もきこえず、人の動き回る気配もない。

行灯がいくつも立てられ、淡い光で書院の中を照らしている。

「殿も、江戸屋敷にいたころは、書院に籠もるのがお好きでしたな」

左衛門が懐かしそうに書院の中にある調度品や書物の棚を眺め回した。

「うむ」

文史郎はきちんと整理整頓された書き机の上を眺めた。

昔、自分も本田助顕のように、書院に籠もり、好きな書物を開いて、終日過ごしたものだった。

大門は畳に胡坐をかき、物珍しそうに部屋の中を見回している。

裏の竹林や庭から、鈴虫の音《ね》がきこえてくる。

しばらくして行灯を並べた渡り廊下に幾人かの人の気配がした。

書院に側用人の白川が現れた。

その直後から、細面の壮年の武士がのっそりと書院に入って来た。

「お待たせしました。当家の主、本田助顕でござる」

助顕は静かな声で名乗り、文史郎たちと挨拶を交した。

行灯の明かりに照らされた助顕の顔は憔悴《しょうすい》しきっていた。行灯の光でできた暗い陰影のせいでそう見えたのかもしれない。

側用人の白川は、書院の戸口に控えている。

「さっそくではありますが、若月丹波守清胤殿、内々にお願いがござる」

「本田殿、待たれよ。それがし、いまは若月丹波守清胤ではござらぬ。相談人、大館文史郎でござる」

「おう。そうでありましたな。失礼いたしました。相談人殿、折り入ってお願いの儀がありましてな。なにぶんにも、我が身の恥を晒すので恥ずかしいかぎりなのでござるが」

　助顕はなかなか言い出せず、迷っている様子だった。

　藩主が、我が身を恥じるような失態といえば、まずは女のことだな、と文史郎は思った。

「いやいや、誰にも失敗はござるもの。藩主だったころ、それがしにも、いくつも恥ずかしい経験がござった」

「そうでござったか」

　助顕はほっとした顔になった。

「で、いったい、どのようなお悩みでござるのか？」

　文史郎は優しく諭すように尋ねた。

「実は、側用人の白川以外、奥方にはもちろん、誰にもいってはいない隠し子が一人おりましてな。五年前になりましょうか。さる女子に手をつけ、孕《はら》ませてしまった次第」

　文史郎は笑顔でいった。

「それは、ともあれ、めでたいことではありませんか。喜ぶべしでしょう。のう、爺」

「そうでございますよ」

左衛門もうなずいた。

助顕はため息をついた。

「それはそうなのでござるが、喜びも半ばなのでござる。その事情は、元藩主の大館殿なら、ご推察いただけましょう?」

助顕はすがるような目で文史郎を見つめた。

世子の誕生で悩むということは、お世継ぎの問題になるからだ。

文史郎も我が身を振り返り、正室の萩《はぎ》の方《かた》の子と、愛妾如月《きさらぎ》の子がともに娘であったために、婿養子を取ることになり、藩内で大騒動になったことがある。

「分かり申す。まことに難儀なことでござるが、決して解決できぬことではない。いい知恵を巡らせば、必ずなんらかの解決方法があるものでござる」

「……そういっていただけると、少々気持ちが軽くなり申す」

「その御子は、もしや、男の子では?」

「そうなのでござる。だから、事《こと》は厄介なことになり申した」

助顕は頭を振った。

「奥方様や側室殿は、そのこと、御存知なのか?」

「いや、存じておらぬと思う。少々訳あって話しておらぬのだ」

「その訳とは何でござる？」

「それは話せぬ。誰にも話さぬと約束してあるのだ。決して、その女子の一族に迷惑はかけぬとな。余も武士。一度誓った約束は死んでも守らなければならぬ」

助顕は頑《かたく》なに訳は話そうとしなかった。

文史郎は宥《なだ》めるようにいった。

「隠し子が男子だとすると、嫡子になるわけですからな。娘子しかいない奥方様や側室殿は、心穏やかではありますまい」

左衛門も危惧した。

「姫君に婿養子を迎えてお世継ぎにする話が、ご破算になるのでは？」

大門もうなずいた。

「そうですな。せっかく、これまで納まっていたお世継ぎ問題が、嫡子がいるとなれば、再燃する恐れが出て来るのでは？」

「その通りでござる。だが、余としては、隠し子が男子とはいえ、武丸《たけまる》を後継ぎにするつもりはなかったし、いまもそのつもりはない」

文史郎はうなずいた。

「そういう御決意ならば、あまり問題ないのではござらぬか？」

「ところが、そうではないのでござる。余の隠し子が男子と知った何者かが、どうやら陰謀をめぐらしているらしいのでござる」

大門が顎鬚を撫でながら訊いた。

「どのような陰謀をめぐらせているというのでござるか？」

「数日前、隠れ家が何者かに襲われ、危うく武丸と母親のお篠《しの》が連れ攫われそうになったのでござる」

文史郎が訝った。

「隠れ家ですと？」

助顕は照れたようにいった。

「実は、密かに江戸へ母子を呼び寄せ、深川《ふかがわ》の仕舞屋《しもたや》に住まわせてあったのでござる。女子はお篠と申すのだが、お篠は乳母とともに武丸を連れて、警護の者が斬り結ぶ隙に危うく逃げ延びたらしいのでござる」

「どうして、そうと分かったのでござるか？」

「いっしょに住まわせていた下男が知らせてくれたのでござる。曲者たちは、黒装束で身を固めた一味数十人で、母子を警護していた供侍二人が斬殺されてしまった」

助顕は口をへの字にして、怒りを抑えていた。

「もし、逃げ延びることができなかったら、お篠と武丸は殺されていたかもしれない」

「危うかったでござるな」

「ともあれ、それ以来、お篠と武丸は行方知れずになっておるのでござる。この三日、屋敷に連絡はないかと待っていたのだが、音沙汰もない。そこで、相談人殿たちにお願いしたいのだ。ぜひ、お篠と武丸を捜し出してくれぬか。無事であったらなにより、二人を守っていただきたいのだ。もちろん、ただというわけにはいかないだろう。白川」

助顕は戸口に控えていた白川に顔を向けた。

白川は膝行して、文史郎の前に進み、紫色の布の包みをそっと並べた。紫色の布を開けた。

白い紙に包まれた切餅が四個現れた。

「まずは前金として百両をお渡しいたす。無事二人を保護していただいた暁には、三百両を謝礼金としてお払いしたいが、いかがであろうか?」

「爺、いかがいたそう?」

文史郎は左衛門を見た。左衛門はうなずいた。

「本田様、お引き受けしたいのは山々でございますが、先約として、大越屋太平治殿の警護を引き受けております。その先約を反古《ほご》にして、本田様のご依頼を引き受けることはできません」

「……大越屋太平治の支払う謝礼金は、いかほどか？　余の依頼を引き受けていただけるなら、その倍の額を払ってもいいが……」

文史郎は助顕に向き直った。

「本田殿、我ら相談人は謝礼金の多寡《たか》で、依頼を引き受ける、引き受けないを決めることはありませんぞ。お間違いなきよう」

「これは失礼いたした。ご無礼は平《ひら》に許されよ。余が悪かった」

助顕は両手をつき、文史郎に頭を下げて謝った。

「あらためてお願いいたす。それがしのために、お篠と武丸をなんとか、助けていただけないか。大越屋太平治には、余から話そう。余の依頼も太平治の依頼の一つとして含ませてもらえまいか、とお願いいたす。それでいかがであろうか？」

文史郎は左衛門と顔を見合わせた。

「本田殿、分かりました。お手をお上げくだされ。大越屋太平治と話してみましょう。その上で、お応えいたす。それでよかろうか？」

「かたじけない。話は早い方がいい。白川、太平治はどこにおる？」

「はい。玄関脇の控えの間に」

「さっそくだ、呼んで来てくれ」

「かしこまりました」

白川はさっと立ち、渡り廊下の奥へ消えた。

助顕は文史郎に向き直り、真顔でいった。

「余と大越屋太平治の仲だ。きっと太平治は許してくれると思う。もし、相談人殿たちが、余の依頼を引き受けると、大越屋の警護が足りなくなるようであれば、おぬしたちの代わりに、藩の剣の腕が立つ侍たちを大越屋の警護に出そう。それでいかがであろうか？」

「そこまでおっしゃられるなら、大越屋さえ納得されれば、お引き受けいたしましょう」

文史郎は左衛門、大門の顔を見た。二人とも異存なしという顔をしていた。

「ところで、お篠殿と武丸の行方を調べる手がかりがほしい。誰を頼って逃げているか、心当たりはござらぬか？」

「お篠は信濃生まれの、信濃育ち。江戸にはなんの縁もないと思うが」

「先ほどのお話では、お篠殿と武丸のほかに乳母がいっしょに逃げているように伺ったが」

助顕の顔が明るくなった。

「おう。そうだ。乳母のお達《たつ》がいたはずだ。お達は江戸が長い。親族の者が江戸にいるときいたことがある」

「その親族は、どこに住んでいるか分かる者はおりましょう」

「奥女中の誰かが、お達と仲が良かったはずだ。さっそくに、白川に調べさせよう」

左衛門が手で制した。

「本田様、白川なる側用人は、信用できますか？」

「うむ。信用できる部下の一人だが。何か疑いがあるのかな」

文史郎が左衛門に代わっていった。

「爺の危惧しているのは、助顕殿の周辺に、誰かの間諜《かんちょう》が潜んでいるかもしれないということでござる」

「敵の間諜がいると申すのか？」

「おぬしの愛妾お篠殿と武丸のことを知っていたのは、誰でござった？」

助顕は「ううむ」と考え込んだ。

「側用人の白川のほかといえば、侍頭の曲田兵衛」

「曲田兵衛は、一昨夜、一刀斎という剣客に闇討ちされた侍ですな」

「なに？　曲田は谺一刀斎なる剣客に闇討ちされたというのか？」

助頭は顔を曇らせた。

「谺一刀斎を御存知か？」

「……いや。どこかできいたような気がするが、はっきりとは覚えておらぬ」

左衛門が文史郎に代わって訊いた。

「その曲田兵衛殿が誰かに喋ったということはありませぬか？」

「曲田は、余が小姓組から侍頭に抜擢した男だ。腹心中の腹心で、曲田は口が固い男だった。曲田が誰かに洩らすとは思えない」

「ほかには？」

「曲田兵衛の配下の供侍で、笠井《さきい》と伊藤の二人がいる。だが、笠井と伊藤は、お篠たちを守るために犠牲になった」

「それから、ほかに」

「小姓組頭の小嵐《こあらし》玄次郎《げんじろう》。この男も口が固く、余が信頼している一人だ。いつもいっしょにいる小嵐が洩らすはずはない」

「そのほかには？」

「乳母のお達」

「お篠殿の両親や親族は知っていたのでは？」

「お篠の父井佐衛門《いさえもん》殿と奥方、二人の兄はお篠からきいておったと思う。だが、皆、信濃にいて、心配はしていたろうが、よもやお篠と武丸を窮地に陥れるようなことをするとは思えない」

それまで黙っていた大門が口を開いた。

「御家老たちの中で、本田殿の愛妾について存じている者はおりませぬか？」

「……我が藩には、城代家老を含めて四人の家老がおるが」

助顕は考え込んだ。

「筆頭家老の小峰主水丞は？」

「お篠のことはもちろん、余の隠し子など知らぬと思う。もし、知っていれば、何かと探りを入れて来るはず。それに、小峰は奥の娘桜子に婿養子を迎えようと、必死に画策しておるから、もし、余の隠し子に男の子がいるとなったら、厳しく詰問して来るであろうからな」

「では、城代の高浜晋吾は？」

「高浜は、余を牛耳《ぎゅうじ》っていると思い込んでおるから、もし、お篠のことを知ったら、いち早くお篠を側女にするよう進言して来るはず。まして、武丸がいるとなったら、側室の桔梗の美幸なんぞ立てず、即刻、武丸を後継ぎに担ぎ出すに違いない。なかなかいうことをきかない余なんぞより、武丸を次の藩主として、その後見役にでもなって、余のこともないがしろにしかねない。策士の高浜が何もいわぬということは、筆頭家老同様、知らぬのではないかと思う」

左衛門が訊いた。

「ほかの家老たちは、いかがでござる?」

「次席家老だった桑原重左衛門《くわばらじゅうざえもん》。元筆頭家老ではあったが、高齢のため、少々頑固で惚《ぼ》けが入っている。それで、余は筆頭家老を切れ者の小峰と交替させ、桑原は楽な次席家老にして在所に戻した。いまは在所にその家老職も辞め隠居して、悠悠自適の生活をしておる」

「すると、桑原は筆頭家老の小峰派ではなく、在所の城代家老派でござろうか?」

「おそらく、そうであろうな。少なくても、小峰を快くは思っていまい」

「もう一人、家老がおりますな」

「家老の笹川満之典《ささがわみつのすけ》は、筆頭家老の小峰が中老だった笹川を家老に抜擢した男。いまは、笹川は小峰には頭が上がらず、小峰の子飼いのように大人しくしている。だが、笹川はまだ三十代の若手で、野望を持っており、いずれ、小峰を追い落とし、筆頭家老になろうと虎視眈々としておるようだ」

文史郎が静かな口調で訊いた。

「財前屋は、いかがですかな?」

「……分からぬ。もし、財前屋がききつければ、もちろん小峰の耳に入れると思うが」

「なるほど。では、大越屋はどうですかな?」

「大越屋も知らなかったはずだ。まだ太平治に隠し子の話は伏せてある」

渡り廊下から足音と話し声がきこえた。

やがて、白川と、真面目な顔をした大越屋太平治が書院の前に現れた。

「殿、太平治をお連れしました」

「うむ。入ってくれ」

助顕は振り向き、太平治を手招きし、前に座るように促した。

「へい。では、失礼いたします」

太平治は神妙な顔で助顕の前に座った。

「太平治、折り入って、おぬしに頼みがある」

助顕は太平治に話しはじめた。

五

信濃秋山藩の上屋敷から帰る途中、文史郎と左衛門は、大門たちが乗った舟と分かれ、安兵衛店近くの船着き場で猪牙舟から降りた。

天空に三日月がかかり、月明かりが路を朧《おぼろ》に照らしている。

左衛門はぶら提灯で足許を照らしながら文史郎にいった。

「殿、本田助顕様の相談は、どうも、大越屋の相談事と繋がっているように思うのですが、いかがですか？」

「それがしも、そう思う。どこで、どう繋がっているのか分からぬが、助顕殿の隠し子と母親が襲われた事件と、大越屋への脅迫状、それに曲田兵衛の闇討ち事件は、同根なのではないか、という気がする」

文史郎は懐手をしながら歩いた。

左衛門は話を続けた。

「曲田兵衛が土蜘蛛一味の一刀斎に殺されたという話をしたとき、本田様はかなり動揺なさったですな。本田様は土蜘蛛一味や一刀斎について、きいたような気がするとかいっていましたが、あれは嘘をついていると思いましたね。本田様は、五、六年前の冬、北秋山に狩りに入って遭難したが、一人だけ助かった。そのとき、本田様は土蜘蛛一族に救《たす》けられたといわれている。だから、一刀斎についてはともかく、土蜘蛛については御存知のはず。どうして、はっきり覚えておらぬ、などとシラを切るのでしょうね」

「うむ、何かあるな」

文史郎も左衛門と同じ考えだった。

本田助顕は、なぜ、嘘をついているのだ？

その理由が分からなかった。

安兵衛店への路地に差しかかった。

そのとき、安兵衛店の木戸付近に、黒い影が潜んでいるのに気付いた。

「爺、気をつけろ」

左衛門は、すぐさま提灯の火を消した。

黒い影法師が朧な月明かりにうごめいている。

女の悲鳴が夜の闇をついてきこえた。ついで、男の怒声も上がった。

「てめえら、何しやがる」

お福の亭主精吉の声だ。

火がついたような子供たちの泣き声も響いた。

何者かがお福たちの長屋を襲っている。

「爺、行くぞ」

「はっ」

文史郎は腰の刀を抑え、木戸へ突進した。

左衛門が続いた。

文史郎の前に影法師が立ち塞がった。

きらりと刀の刃が月光を浴びて光った。

影法師が無言で斬りかかった。

文史郎は影法師の懐に飛び込み、刀を振り上げた腕をかいくぐり、当て身を食らわせた。

「うっ」

影法師は呻き、文史郎に軀を預けた。

ついで斬りかかって来た、もう一つの影法師に、ぐったりした軀を突き飛ばした。

二つの影法師はもつれあって倒れた。

文史郎は倒れた影法師たちの軀を踏み越え、細小路に走り込んだ。

「あんた！　おみねが攫われちゃうよ」

お福の金切り声が響いた。

「野郎！　うちの餓鬼をどうしようってんだ！」

精吉の怒鳴る声。

悲鳴や怒声に驚いた長屋の住人たちが細小路に出て来はじめた。

文史郎は抜刀した。刀の峰を返した。

「精吉、お福。助けに参ったぞ」

文史郎はお福の長屋の前でもみ合う人影に駆けつけた。

影法師たちが一斉に振り向き、抜刀した。

文史郎は影法師たちの中に飛び込み、刀を一閃させ、左右の影を叩き伏せた。

「峰打ちだ。安心せい」

左衛門がほかの影法師たちを刀で打ち払う。

正面の影法師は泣き叫ぶ女の子を抱えていた。おみねだ。

文史郎は刀の先を影法師の顔に突き付けた。

「さあ、娘を返してもらおうか」

影法師は呻くようにいった。

「かかれ!」

屋根の上から影法師たちがばらばらっと飛び降りた。同時に文史郎と左衛門に無言のまま斬りかかる。

文史郎は身を躱し、一瞬にして左右の影法師を叩き伏せた。

左衛門は文史郎の背に背をつけ、背後の黒装束を打ち払う。

なおも、影法師たちは立ち上がり、刃を文史郎たちに向ける。

「さ、娘を下《お》ろせ。さもなくば、おぬしを斬る」

文史郎はなおもおみねを抱いた影法師に刀の刃先を突き付けた。

「………」

影法師はしぶしぶおみねを下ろした。

次の瞬間、影法師は腰の刀に手をかけ、抜き打ちでおみねを斬ろうとした。

一瞬早く、文史郎はおみねの腕を引き寄せた。同時に斬りかかった刀を、刀の鎬《しのぎ》で受け流した。

影法師は脇へ飛び退いた。

「爺」

文史郎はおみねを後ろの左衛門に預けた。おみねを斬ろうとした影法師に刀を向けた。青眼に構える。

「おぬし、おみねを、なぜ斬ろうとするのだ？」

「おみねだと？」

「そうだ。お福の娘、おみねだ」

影法師たちは一瞬顔を見合わせた。

「引け！」

影法師が低い声で命じた。

影法師たちは一斉に細小路から姿を消しはじめた。長屋の住人たちが慌てて路を空けた。

「待て！　おぬしら何者だ？」

頭《かしら》らしい影法師は無言のまま答えず、部下の影法師が引き揚げるのを待っている。

「おみね、おみね」

お福が飛び出し、泣きじゃくるおみねを抱き寄せた。

「かあちゃん」

ほかの子たちもお福に駆け寄って囲んだ。

「野郎、うちの餓鬼を攫おうなんて、ふてえ野郎だ。ぶっとばしてやる」

長屋の戸口から、心張り棒を杖にした精吉がよろよろと現れ、影法師に怒鳴った。

頭らしい影法師は、最後の影法師が打たれた仲間に肩を貸しながら引き揚げて行くのを確かめたあと、刀を腰の鞘に納め、低い声でいった。

「相談人とやら、これで済むと思うなよ」

頭の影法師は、くるりと踵を返した。細小路に集まった長屋の住人たちを押し退け、堂々と引き揚げて行く。

「とっとと失せやがれ。二度と来るな」

「今度来たら、ただじゃ済まねえからな」

「うちの長屋には、剣客相談人の殿様たちがいるんだからな。ざまあみろってんだ」

住人たちは、引き揚げる影法師たちに口々に怒声を浴びせた。

文史郎は刀を腰に戻した。

精吉は心張り棒にすがるようにして、しゃがみ込んだ。

「あんた、大丈夫かい」

　お福が心配そうに声をかける。

「なあに、こんな打ち身、すぐに治っちまう。心配すんねえ」

　精吉は強がっているが、立ち上がれそうになかった。

　文史郎は精吉に声をかけ、腕を取った。

「精吉、大丈夫か」

　左衛門も手伝い、精吉を起き上がらせた。

「大丈夫でさあ。これしきの……痛てて」

　お福が精吉を脇から支えた。

「あんた、あいつらにたった一人立ち向かって。惚れ直したよ」

「どれ、どこをやられたかな?」

　左衛門が精吉の軀のあちこちを調べた。

「右脚と左腕を激しく叩かれたようだな。それに肋骨も折れておるかもしれん」

「大丈夫でさあ。一晩寝ていれば、治っちまいやすよ。痛てて」

「お福さん、濡れ手拭いで、痛むところを湿布してやんなさい。痛みが引かねば、明日、蘭医の幸庵《こうあん》の所へ連れて行ってあげよう」

　左衛門が慰めるようにいった。

精吉は頭を振った。

「左衛門様、とんでもねえ。このくらいの怪我で、お医者様の世話になっちまっては、申し訳ねえ。心配しねえでください」

文史郎はお福に向いた。

「いったい、何が起こったというのだ？」

「いえねえ。亭主も帰り、みんなで夕食を終えて休もうとしていたところへ、いきなり、あいつらが押し込んで来んです。そいで、この長屋に逃げ込んだ娘子を出せって」

「娘子を？」

「そんな娘子はいない、といったら、おみねに目をつけ、こいつだろう、って。そいで、おみねを攫おうとしたんです。で、亭主がうちの娘に何をするかって心張り棒を持って飛びかかったら、相手は刀を抜きやがって、亭主を叩き伏せたんです。ね、あんた」

精吉がうなずいた。

「狭い長屋ん中なんで刀を避けることもできねえ。まともに腕や軀で受けちまった。相手は峰打ちだってほざいていやがったが。そこへ、お殿様たちが駆けつけてくれたってえ寸法でさあ。ありがとうごぜいやす」

「ほんと、殿様、左衛門様、おかげでおみねも無事返ったし。ありがとうございます」

お福と精吉は、何度も文史郎と左衛門に頭を下げた。

おみねは泣き止んでいた。おみねをはじめ、子供たちがお福と精吉にまとわりついている。その中に千代丸の姿もあった。

「では、お休みなさい」

お福は、よしよし、もう安心おし、大丈夫だよ、と子供たちを引き連れ、精吉といっしょに部屋に入って行った。

文史郎は細小路に目をやった。

長屋の住人たちも、それぞれ自分の長屋へ戻って行く。

文史郎は腕組し、考え込んだ。

「爺、あやつら、おみねを捨て子の千代と間違ったのではないか」

「おそらく、そうでございましょうな。あいつらは、この長屋に捨てられた千代丸が女の子の格好をしていたので、娘子だと思ったのでしょう」

「捨て子が、まさか男の子だったとは知らなかったということか。それにしても、なぜ、あやつら、千代丸を攫おうとするのか？」

「殿、それにあやつらの頭《かしら》は、おみねを攫えないと見たら、斬ろうとしたではないですか？　いったい、どういうことでしょうな？」

「分からぬ。だが、おみねが生きていてはまずいということなのだろう。これは容易ならぬことだな。助顕殿の隠し子の武丸を捜しながら、今度は足許で、捨て子の千代丸を守らねばならぬのだからな」

「あやつら、また来ますかね」

「うむ。来るだろう。頭らしい男は、これで済むと思うなよと、捨て台詞を残していったからな」

「弱りましたな。長屋の子供を守らねばならないとなると、我らの誰かが長屋に張りつかねばならなくなりましょう。八丁堀の小島に助けを求めましょうか。それとも、弥生《やよい》殿の手を借りるか」

「八丁堀は、長屋の警護まで手は回らない。また弥生の力を借りるしかあるまい」

弥生は大瀧《おおたき》道場の女道場主である。

道場には、弥生をはじめ、師範代のほか、剣の腕が立つ門弟たちが多数詰めている。道場に千代丸ら子供たちを匿えば、正体不明の黒装束たちも、容易には手を出せまい。

弥生のところにお福一家を預かってもらえば、安心して助顕の隠し子や母親捜しに集中することができる。

弥生は、常々文史郎たち相談人の仲間になりたがっていた。だが、相談人は女に向かない商売だ。

弥生は女だてらに父の後を継ぎ、何百人もの門弟を預かる道場主をしている。その正業をないがしろにして、相談人のようなやくざな仕事をさせるわけにはいかない。

文史郎は、いつもそういって弥生の懇願を断ってきた。

弥生はいい娘だった。ほんとうは剣の道などに進まず、いい男と結ばれて、幸せな家庭を持つべきだ、と文史郎は思っている。

文史郎には、田舎に字も読みも同じ名前の小さな娘弥生がいる。だから、弥生には不思議な縁を覚え、父親のような気持ちで、いつも見ているのだ。

だが、弥生は、そんな文史郎を迷惑に思っているようだった。弥生は父親代わりの文史郎ではなく、一人の男として文史郎を見ていた。

文史郎は弥生の普段の口のきき方や態度から、弥生が自分を慕っていることは、十分に分かっていたが、あえて気付かぬ振りをしていた。

文史郎も実は弥生を女として憎からず思っている。だが、一回り以上もの歳の差がある。弥生には、妻子持ちの自分よりも、もっと若くて、強くていい男がいるはずだ。

そう思うと、文史郎はいくら困ったときでも、弥生の力を借り、相談人の道に誘い込むのはやめたかった。

左衛門はため息をついた。

「やれやれ、助顕様の隠し子といい、うちの長屋に捨てられた千代丸といい、このところ、なぜか、我らは子供に縁がありますな」

「まったく」

「殿、落ち着いて、お茶でも飲みますか」

左衛門は長屋の油障子戸を引き開けた。

文史郎は部屋に入った。

「少々、お待ちを」

左衛門が火打ち石を叩き合わせ、藁屑に火を付け、七輪に火を熾《おこ》した。ついで、枯れ枝に付けた火を運び、行灯に火を入れた。

文史郎は折り畳んだ蒲団の山に寄りかかり、煙草盆を引き寄せた。

キセルに莨《たばこ》を詰めた。火鉢の灰を火箸でかき回し、灰の中から残っていた炭火を摘み出した。

キセルの皿を炭火にかざし、煙草を吸った。

薄い壁を通して、お福の優しい声が伝わってくる。

ねんねんころりよ、おころりよ
おまえの母さん、どこ行った？

…………

騒がしい子供の声も、子守歌の唄声につれて、だんだんと低くなっていく。

文史郎は煙草の煙を煤けた天井に吹き上げた。

ようやく頭の中で思考が巡りはじめた。

さて、明日から、いったい、どうやって、助頭殿の子武丸を捜したらいいのか？

まずは乳母のお達の行方だ。

明日、また側用人の白川に会って、お達の親族がどこにいるのかを聞き出すところから始めるしかない。

六

翌朝、文史郎は左衛門を連れて、朝稽古を兼ね、大瀧道場へ出掛けた。

驚いたことに、一足早く、大門が道場に出て、高弟相手に稽古をつけていた。

大門はいち早く文史郎を見付け、稽古を中断してやって来た。

「殿、お早ようござる」

「お、どういう風の吹き回しだ？」

左衛門も驚いた。

「そうですよ。大門殿、長屋にも帰らず、道場に駆けつけるとは、どうなさったのです？」

大門は手拭いで首筋の汗を拭った。

「いや、昨日一日、大越屋に張りついていたら、すっかり軀が鈍《なま》ってしまって。どうにも我慢ができぬようになり、早朝、警護を藩の者たちと交替したら、真直ぐに道場に駆けつけました。稽古で一汗かき、昨日の鈍りを振り払おうとしていたところです」

「文史郎様、さっそく、御出でくださったのですね」

稽古を止めた弥生が面《めん》を脱ぎながら、文史郎の許に足早に寄った。

弥生は稽古直後だったので、息も荒く、上気した顔をしていた。肌が艶やかに汗で光っている。

袴姿だが、きりっとして凛凛《りり》しく、それでいて女の艶やかさがある。

弥生はいつもと変わらず美しい。弥生がいるだけで、道場に花が咲いているかのように華やかさがある。

文史郎は一瞬弥生に見とれかけたが、すぐに思い直していった。

「おう。弥生、元気そうだな」

「文史郎様、さ、奥の座敷の方へ。それがし、汗を拭いてから、すぐに参りますゆえ」

「う、なんだというのだ？」

文史郎は左衛門と顔を見合わせた。

弥生は何も答えず、文史郎の袖を引き、見所《けんぞ》の方へ連れて行った。

弥生は長い黒髪をひっつめにして、頭の後ろに回して結い、馬の尾のように髪を垂らしていた。

その長い髪の毛が揺れるたびに、かすかに芳《かぐわ》しい香が文史郎の鼻孔をくすぐった。

弥生の発する若い女特有の匂いだ。

「いや、それがしは、ここでいい。弥生、ちと話がある」

「分かってます。いま戻りますゆえ」

弥生はひっつめにした髪をいじりながら、庭の井戸端に急いだ。

いったい、何が分かっているというのだ?

文史郎は左衛門と顔を見合わせた。

「ま、待ちましょう」

左衛門は怪訝な顔をしながらもいった。

文史郎は左衛門とともに、見所に腰を下ろし、道場を見回した。

二組が気合いをこめて稽古をしている。

師範代の武田広之進《たけだひろのしん》が大瀧道場四天王の一人高井真彦《たかいまさひこ》と試合稽古を行なっている。

その向こう側で、やはり四天王の藤原鉄之介《ふじわらてつのすけ》と北村左仲《きたむらさちゅう》が試合稽古をしていた。

双方とも真剣試合さながらの打ち合いだった。

大門が、師範代の武田と打ち合う高井の姿に目を細めた。

「間もなく、城内で秋の奉納試合がありますので、みんな真剣なのですよ。今年こそ、当道場から優勝者を出そうと。なにより、今年は高井真彦の出来がいい。師範代と試合をして、五本勝負のうち、必ず二本は勝つ。時に三本取る。間違いなく優勝候補です」

「お待たせいたした」

弥生がさっぱりした顔で井戸端から戻って来た。

「さ、奥の座敷で」

「うむ。ここでもいいが」

「折り入ってのお話でしょう。そんな大事を人にきかれる場所では」

弥生は壁際に並んで、稽古を注視している門弟たちに目をやった。

「分かった。行こう」

文史郎は左衛門、大門を引き連れ、弥生のあとに続いた。

「大門様から、おききしました。それがしも、ぜひに相談人として、お手伝いいたします」

「なに？　大門からきいたと？」

文史郎は大門を振り向いた。

大門はばつが悪そうに左衛門の陰に隠れ、大きな身を小さくしていた。

「また大門殿は、余計なことを」

左衛門が睨んだ。大門は両手を合わせ、ごめんといった。

見所の裏手にある座敷に入った。

文史郎が床の間を背に座ると、さっそく袴姿の弥生が膝行《しっこう》して、詰め寄った。

「文史郎様、大門様のお話では、信濃秋山藩の開墾事業をめぐっての騒動で、私たちは大越屋太平治殿を警護する役目だとか」

「うむ。まあそれもある」

「それと、行方知れずになった本田助顕殿の隠し子を捜し出す仕事でござるそうですな」

「うむ。まあ。それもある」

「で、それがしは、何をやればいいのでござろうか?」

「それで、頼みというのは、きわめて大事な仕事なのだが、訳ありの捨て子と、その子の面倒を見ている一家を、一時道場で引き取り、守ってほしいのだ」

「はあ?」

弥生は怪訝な顔をした。

文史郎は、これまでの経緯を弥生に話してきかせた。

弥生の形相が見る見る変わり、般若《はんにゃ》の面になった。

「文史郎様、それは信濃秋山藩や大越屋の依頼とは、まったく違う話ではござらぬか」

左衛門と大門が慌てて取り成した。

「弥生殿、これには事情があって、捨て子の千代丸は、黒装束たちの一団に、命を狙われておるのだ」

「その捨て子を守るのも、剣客相談人の大事な仕事。背後にきっと大きな陰謀が潜んでいるはず。我らは、大越屋や本田助顕様の依頼で、どうしても力を割《さ》けないので、ぜひとも弥生殿に担当してほしい、と」

「弥生、頼む。拙者、これこの通り。頭を下げてお願いいたす」

文史郎は弥生の前に両手をつき、頭を下げた。左衛門も急いで頭を下げた。

「大門殿！」

左衛門が大門を叱責した。

大門も慌てて両手をつき、弥生に頭を下げた。

「そうですか。分かりました。これも、剣客相談人の仕事なのですね」

「そう。その通りだ」

「それがしを剣客相談人に加えてくれるのですね」

「もちろんだ。弥生も剣客相談人だ。な、左衛門、大門」

文史郎は頭を下げたまま、左衛門と大門に同意を求めた。

左衛門はうなずいた。

「はい。間違いなく。弥生殿は剣客相談人にござる」

「右に同じ」大門もうなずいた。

「ならば、お引き受けしましょう」

弥生は、いくぶんか表情を和らげてうなずいた。

文史郎は顔を上げ、やれやれと左衛門と顔を見合わせた。

「いつから、お願いできようか？」

「いつでも結構です。では、門弟たちを連れて、その方々を迎えに参りましょうか」

「うむ。そうしてくれるとありがたい」

文史郎は、弥生が機嫌を直してくれたようなので、ほっとした。

大門と左衛門も安堵のため息を洩らした。

第三話　信濃秋山行

一

「こらこら、健太、小次郎、千代丸、走ってはだめだっていってるだろ」

お福の声が道場に響いた。

子供たちは構わず、竹刀《しない》を振り回しながら、歓声を上げて、道場の中を駆け回る。

「いいんですよ。お福さん、子供は、このくらい元気がなくては」

弥生は笑いながら眺めている。

師範代の武田広之進や高弟の高井たちをはじめ、門弟たちも稽古を止めて、元気よく駆け回る子供たちを眺めていた。

おみねやおとよも負けじと、男の子たちを追い回す。

「あらあら、おみねも、おとよも。しようがないねえ。弥生様、申し訳ありません」

お福は、背におぶった赤ん坊をあやしながら、しきりに弥生に謝っている。

年長の健太は、千代丸や小次郎が振り回す竹刀を、軽く竹刀で打ち払っては逃げ回っている。

千代丸も小次郎も自分たちの背丈よりも長い竹刀に振り回されていた。

「おう、みんな、元気いっぱいだな。よかよか」

大門は髯面を崩して笑った。

左衛門も笑顔でいった。

「千代丸は、すっかりお福の子供になっておりますな」

「子供は慣れるのも早いのう」

文史郎も千代丸の屈託のない笑顔に、ほっと安堵した。長屋に捨てられたときの千代丸の大人に対する不審の顔は消えている。

「弥生様、申し訳ありません。あっしがこんな怪我をしていなかったら、やつらが来ても追い返せるんでやすが……」

大工の精吉は弥生に何度も頭を下げた。

精吉は右腕を三角巾《さんかくきん》で吊り、胸に晒《さら》しをぐるぐる巻きにしていた。

「精吉さん、安心してください。私も相談人。元気になるまで、お守りします。そうですね、文史郎様」

弥生は文史郎を睨んだ。

「そう。精吉、お福、いつ何時、あやつらが千代丸を攫いに参るか分からぬ。ここは、相談人の弥生たちが警護するので、安心するがよい」

「殿様、ありがとうごぜいやす。このご恩は決して忘れやしやせん。お福、おめえも礼をいいな」

「お殿様、ほんとありがとう。弥生様をご紹介いただき、一家そろって安心して暮らしていけます。お世話になる皆さまに、なんとお礼をいったらいいやら」

お福は涙ぐみながら文史郎や弥生に何度も頭を下げた。

健太がお福に駆け寄った。

「かあちゃん、腹減った。めし、まだ?」

「なんて、はしたない子。お殿様や弥生様の前で」

「かあちゃん、おれも腹減った」

小次郎が甘えてお福にすがった。

「あたしも」「あたいも」

おみね、おとよもお福の軀にしがみついた。

「…………」

千代丸も、おずおずと手を延ばし、お福の着物にすがりついた。

「はいはい。これから、ご飯を炊くから、それまで我慢するんだよ。いい子いい子」

お福はまとわりつく子らを、まとめて抱き寄せた。子供たちはうれしそうに笑った。

「さ、それまで遊んでおいで」

子供たちは再び歓声を上げて駆けずり回った。

「お福、千代丸はまだ口をきかぬか？」

「はい。でも、きっと口をきくようになりますよ。ようやく、私たちに慣れたばかり。気持ちさえほぐれれば、お話しできるはず」

文史郎はうなずいた。

「そうなれば、どこの誰の子なのか、分かろうというもの。窮鳥《きゅうちょう》懐に入るだ。どのような事情があったかは知らぬが、昨夜のあやつらに手渡しはできぬ。弥生、我らの代わりに、調べてくれ。頼むぞ」

「もちろんでござる。それがしにお任せくだされ」

弥生は男言葉で応じた。

「誰か、お福さんを台所に案内して」

弥生の指示に門弟の何人かが動いた。

門弟たちはお福や子供たちを、道場の奥にある台所へ連れて行った。

「申し訳ねえでやす」

精吉は恐縮して、道場の隅に座った。

左衛門が文史郎に目配せした。

「殿、玉吉が」

道場の玄関先に、着物を尻端折りした玉吉の姿があった。門弟の一人が応対している。

玉吉は文史郎にぺこりと頭を下げた。

「おう、上がってもらえ。弥生、ちと部屋を借りるぞ」

「はい。奥の座敷をどうぞ」

文史郎は玉吉を手招きし、率先して見所から奥の座敷へ移動した。

そのあとを弥生や左衛門、大門、玉吉が続く。

座敷に入ると、文史郎はさっそく、玉吉に向いた。

「何か聞き込んだか？」

「へい。大越屋は、現地の開墾事業がうまく行かず、苦労しているようです。一カ月前には、開墾の仕方をめぐって、人足たちが騒ぎ、村人と衝突し、死人まで出る騒ぎになったらしいんで」

「なに？　そんな話はきいておらぬぞ」

文史郎は左衛門と顔を見合わせた。

「なんでも、大越屋の出先の番頭が、開墾を急ぐあまり、山に火を付けて樹木を焼き払おうとしたそうなんで。それで村人が怒って、人足小屋を焼き打ちしたそうなのです。それに人足や樵夫が反発して、報復に村を焼き打ちした」

「藩は何をしていたのだ？」

「藩は慌てて兵を出して双方を鎮圧した。いまも火種が燻《くすぶ》っているそうなのです。どうやら、そうしたことが江戸に飛び火したのではないか、と」

「村人というのは、もしかして、土蜘蛛一族のことか？」

「……土蜘蛛一族？」

玉吉は知らない様子だった。

「なんでござるか、その土蜘蛛一族というのは？」

脇から弥生が興味津々の顔で口を挟んだ。

「爺、話してくれんか」

「はい。土蜘蛛一族は、北秋山の奥に住んでいるという平家の落ち武者の子孫という伝説の山族でしてな。……」

左衛門が、土蜘蛛一族についての話を掻い摘んで話した。

「それはきいておりません。あっしがきいたのは、普通の村の百姓たちでした」

「大越屋は、急遽、揉め事を収めるのに長《た》けた邦吉という二番番頭を現地に送ったそうだが、それはきいておるか？」

「へい。その番頭の邦吉が現地で行方不明になったんで、太平治は慌てて、捜索のために新たな小番頭たちの救援隊を送ったときいてます。彼らにはかなりの額の金子《きんす》を持たせ、現地の人たちに渡して騒動を早期に収めさせようとしているそうですが」

「そうか。現地の騒動は、まだ続いておるのか？」

「最初が男川の上流域で、それが女川に飛び火し、いま騒動は和合ヶ原にも広がったときいています」

「そりゃあ、一揆並みの大騒動だ。信濃秋山藩も当然に絡んでおろうな」

「へい。で、信濃秋山藩の江戸屋敷の中 間《ちゅうげん》仲間に、それとなく聞き込んだでやす」

「ほう。どういうことになっておる？」

「またぞろ、筆頭家老の小峰派と城代の高浜派、さらに守旧派が三つ巴《どもえ》の争いを始めたそうなのです」

「筆頭家老派、城代派の以外にも、第三の守旧派がおるというのか？」

「はい。筆頭家老派と城代派ほど、力はないのですが、両者の対立を煽り、あわよくば漁夫《ぎょふ》の利《り》を得ようとしている守旧派の年寄りたちがいるそうなのです」

「誰のことだ？」

「前に筆頭家老をしていた年寄りで、いまは隠居の身だときいています」

「桑原重左衛門だ。もう七十を越える年寄りだときいた。しかし、桑原は在所で楽隠居のような生活をしており、そういう政争からいっさい身を引いたようにきいておったが」

「そうでもなさそうですぞ。いまは同じ在所にいるので、城代の高浜派についているが、形勢次第では、筆頭家老派につくかもしれないと、城代を牽制しているらしい。なかなか老獪《ろうかい》な年寄りらしいです」

「複雑怪奇だのう」

文史郎は腕組をし、考え込んだ。

開墾事業をめぐる、現地での人足たちと村人たちの対立、藩内の執政たちの対立、藩外の大越屋と財前屋の対立のおおよその構図は分かった。

これに本田助顕の世継ぎ問題が絡み、事を複雑に見せているのだろう。

左衛門が心配顔で訊いた。

「殿、いかがいたしましょう？」

文史郎は腕組を解いた。

方針を決めた。

「我ら相談人が受けた依頼は二つ。一つは、大越屋の警護だ。もう一つは、あとから本田助顕殿から依頼された助顕殿の隠し子武丸とお篠殿の保護と警護だ」

文史郎はみんなの顔を見回した。

「いくら事情が輻輳《ふくそう》し、複雑怪奇であれ、この二つをやるだけだ。優先順位をつければ、隠し子とその母親の命がかかった捜索と保護を最優先したい。これは、余と爺がやる。玉吉も手伝ってほしい」

「へい」玉吉は頭を下げた。

「はい」

ほかのみんなもうなずいた。

「第二の大越屋の警護は、大門、おぬしに頼む。助顕殿との約束では、こちらには小姓組の小嵐玄次郎ら何人かが手勢となる。いいな」

「拙者にお任せくだされ」

大門はにやりと笑い、分厚い胸をどんと叩いた。

「殿、それがしの役目は何もないのでござるか？」

弥生が眉を吊り上げ、文史郎を見つめた。

「爺……」

文史郎は左衛門の顔を見た。

「殿がお決めになることです」

左衛門はそっぽを向いた。

弥生は膝を文史郎に進めた。

「それがしは、ただ、あの千代丸と、お福さんたち一家を守るだけでござるか。

……」

「それをいうな。千代丸の命を守るのは大事な仕事だ。そうしてくれるから、わしらは安心して助頭殿や大越屋の依頼を実行に移すことができるのだ」

「それがしも、相談人の一員ではないですか。せめて……」

弥生はさらに一歩膝を進めた。文史郎は姿勢を正した。

「分かった分かった。弥生、おぬしには千代丸たちの警護を任せた。それさえ万全であれば、おぬしにも、余の手伝いをしてもらおう」

弥生はほっとした顔になり、してやったりとにんまり笑った。

「文史郎様、そう来なくては。千代丸たちの警護は、それがしが二六時中いなくても、師範代や高井たちさえいれば、まずは万全でござろう。いくらでもお手伝いできましょう。なんなりと申し付けください」

左衛門は頭を振った。

大門が慌てて付け加えるようにいった。

「殿、弥生殿には、それがしの方の仕事も手伝ってほしいのですが」

「ま、弥生の好きなようにすればよかろう」

文史郎はあきらめた口調でいった。

二

道場を出た文史郎と左衛門は、その足で信濃秋山藩の上屋敷を訪ね、側用人の白川大吾に面会を求めた。

座敷に現れた白川は、しきりにあたりに人がいないのを確かめた。

「乳母のお達は、どうやら在所に帰ったらしいとのことでした」

側用人の白川は小声でいった。

文史郎は訝《いぶか》った。

「信濃秋山に帰ったというのか？　いつ帰ったと？」

「それは分かりません。お達と仲がいい中臈《ちゅうろう》の貴代《きよ》の話では、十日ほど前、偶然に神田《かんだ》でお達に出会ったそうです。そのとき、お達は実家の信濃に帰るつもりだ、と申しておったそうです」

「十日前というと、お篠武丸母子が黒装束たちに襲われる前の話だな」

「そうなりますな」

「すると、お達は事件が起こる前から、在所に帰るつもりだったというのか」

「はい。ですから、お達は事件早々、江戸を出たのではないか、と」

お達は武丸付きの乳母だ。お篠と武丸母子と別れて、一人在所に帰ることはない。もし、お達が帰るとすれば、おそらくお篠武丸母子もいっしょに違いない。

「在所の信濃秋山まで、中山道《なかせんどう》を行くとして、女の足で何日かかる？」

「いまの季節なら、およそ十五日、どんなに急いでも、十日ほどはかかりましょう」

「事件直後、すぐに江戸を発ったら、いまごろは、どの辺であろうか？」

「あれから、四日ですか。早ければ、碓氷峠《うすいとうげ》あたりでござろうか。まだ碓氷峠に着いていないかもしれない」

文史郎は考え込んだ。

問題は、貴代の話の信憑性である。もし、いい加減な話だったら、対応も違ってくる。

「その中臈の貴代は、信用ができる女なのか？」

「嘘をつくような女ではござらぬ」

「貴代は助顕殿の隠し子のことを知っておるのか？　お達からきいているかもしれぬ」

「いや、貴代は知らないはず。いくら親しくても、お達は助顕様の言い付けを守って、他言はしないはずですから」

「お達は武丸の乳母になるにあたり、中臈を辞め、奥から下がったのであろう？　お達はどういう口実で下がったのであろうな。きっと奥方や中臈仲間から、妙な勘繰りをされたのではないか？」

「たしか、お達が奥から下がるにあたり、江戸の町家の跡取り息子のところへ嫁入りするためと申していたはず」

「では、お達には亭主がおるのか？」

「いや、亭主はおらぬはず。ともかくも、武丸の乳母になるということは、誰にもいっておらなんだ。こういう拙者も、先日、殿から打ち明けられるまで、お達が武丸の乳母だとは知らなかったほどでござる」

白川は頭を振った。

文史郎は左衛門を見た。何か訊くことはあるか、と目で問うた。

「この前の話では、お達の親族が江戸にいるとおっしゃっていましたな。ほんとうにいるのでござるか？」

「いるときいていました。なんでも、伯父夫婦が侍を捨て、江戸の神田で商家をやっているとか。たしか、米屋か乾物屋をしているときききましたが」

「貴代は、もしかして、そのことを存じておるようだったか？」

「お達も、そのくらいは貴代に話していると思いますが」

「さらに、店の名前などを聞き出しておいてくれぬか？」

「承知しました」

白川はうなずいた。

文史郎は白川の顔を見た。

「ところで、一つ、気になることがある」

「なんでございましょう？」

「本田助顕殿は在所で起こっている騒動を御存知か？」

「騒動でござるか？」

白川は目にやや動揺の色を見せた。

「開墾事業をめぐり、地元の村人と人足や樵夫が衝突したときいたが」

「はい。殿の耳にも入っております。それで、殿は筆頭家老の小峰殿に、至急に現地の事態を調べて報告するように命じています。だが、在所が遠いこともあって、すぐには報告が上がって参らず、殿も少々やきもきしておられます」

白川は怪訝な顔をした。

「なぜ、そのようなことをお尋ねなさるのでござるか？」

「もしや、武丸とお篠殿が襲われたことに関係があるのではないか、と思うてな」

「と、申されると？」

「開墾事業に反対している者たちが放った刺客かもしれない」

「なるほど」

白川は唇を嚙んだ。何か思い当たることがあるのだ、と文史郎は思った。

左衛門が文史郎にいった。

「殿、お篠殿たちが江戸を出て、信濃に向かったということでしたなら、我らもすぐに後を追わねばなりませぬな。きっと敵の刺客が先回りして、お篠殿たちを待ち伏せしていると思われますが」

「そうだの。わしらが依頼されたことは、お篠殿と武丸の保護と警護だからのう」

文史郎は白川に向いた。

「というわけだ。白川、至急に、わしらの馬を手配してくれぬか。お篠殿たちに追い付くには、馬を馳せるしかあるまい」

「畏《かしこ》まりました。直《ただ》ちに馬を手配します」

「それから、いま一つ。助頭殿から直筆《じきひつ》の書状をいただきたい」

「はて、どのような書状でござるか？」

「我らの身許を保証する上意《じょうい》の書状だ。在所で我らが動きやすくするために用意してほしい」

文史郎は左衛門を見た。左衛門もうなずいた。

「殿……」

左衛門がさっと身を引き、脇に置いた刀を引き寄せた。

廊下を静かに進む足音が立った。

足音は控えの間の前に止まった。

「白川殿はこちらにおいでか？」

男の低い声が襖越しにきこえた。

「おるが。何用か？」

白川は問い返した。

「御家老の使いでござる。まだ相談人殿はおられますかな？」

「………」

白川は顔をしかめ、文史郎の顔を見た。

声は続いた。

「もし、おられるようでしたら、御家老が、ぜひ、相談人殿にお目にかかりたい、と申されてます」

「片桐《かたぎり》か。しばし、待て」

白川は襖の向こう側の男にいった。

文史郎は白川に声を低めて訊いた。

「御家老と申されるのは?」

「筆頭家老の小峰殿でござる」

「どうして、小峰殿は、それがしがおぬしと会っているのを存じておるのだ?」

「さあ。拙者には分かりかねます」

白川は、いかがいたしますか、と目で訊いた。

筆頭家老の小峰主水丞には、一度会っておきたい。いい機会だ。

文史郎はうなずいた。

「よかろう。御家老にお会いしよう」

「片桐、相談人様は、お会いするそうだ」

白川は襖の向こう側にいる男にいった。

「かたじけない。ご案内いたします」

襖ががらりと開いた。

廊下に若侍が正座し、文史郎に頭を下げた。

片桐は顔を上げた。鋭い目付きの顔だった。

片桐は腰を屈め、手で廊下の奥を差した。

「こちらへ、どうぞ」

「白川、先ほど手配を依頼した件、戻るまでに、よろしく頼む」

「お任せを」白川はうなずいた。

「では、参ろう。片桐とやら案内せい」

文史郎は片桐に命じた。

「はっ」

左衛門が文史郎を護衛するように後ろについた。


奥座敷には、三人の男が待ち受けていた。

床の間を背にした上座に、苦みばしった顔の壮年の侍が座っていた。

「相談人様をご案内いたしました」

片桐は座敷の入り口に座り、壮年の男に頭を下げた。

壮年の侍の左手には、やや小太りの商家の男が座り、右手にがっしりとした体格の中年の侍が控えている。警護の侍だ。

文史郎は警護の侍が発する剣気を感じた。

かなりの腕の剣の遣い手だ。

「片桐、ご苦労。下がっておれ」

壮年の侍は静かな声で命じ、文史郎に一礼した。揃って両脇の二人も頭を下げる。

「これはこれは、相談人殿、ご足労いただき、ありがとうございます。拙者は信濃秋山藩の筆頭家老小峰主水丞にござる。ご挨拶が遅れたこと、たいへん失礼いたしました。殿からおききし、まずは家老のそれがしが相談人様にご挨拶すべきだったと反省しております」

「いや。お気遣い無用でござる」

文史郎は頭を左右に振った。

左手の商人然とした中年男が一礼した。

「わたしは、大越屋太平治様と同じ掛屋をしております、財前屋駒五郎にございます。お見知りおきをお願いいたします」

駒五郎は狸顔を崩して愛想笑いをした。

小峰が右手の中年の侍に目をやった。

「こやつは、藩指南役栗栖《くりす》幹之介《みきのすけ》」

「よろしう、お願いいたす」

栗栖幹之介は頭を下げた。

栗栖は左脇に大刀を置いている。態度は控えめだったが、いつでも襲いかかる構えを見せていた。油断のならない男だ。

「栗栖は神道《しんとう》無《む》念流《ねんりゅう》免許皆伝」

「……」

栗栖幹之介は半眼で文史郎を睨んだ。

文史郎は気付かぬ振りをして名乗った。

「それがしは、相談人大館文史郎。こちらに控えている者は、同僚の篠塚左衛門にござる。以後、お見知りおきを」

文史郎は左衛門とともに軽く頭を下げた。

小峰は口元を歪めていった。

「お噂によると、昔はお殿様とのことですな。いまは事情があって若隠居なさり、長屋暮らしをしておられるとか」

「さよう。いまは、長屋の殿様といわれておる。のんびりとしたいい暮らしでな」

「なにやら、剣客相談人と自称なさっておられるとか」

左衛門がむっとした顔で応じた。

「失礼な。殿は剣客相談人なんぞと自称されておられぬ。口入れ屋が、そう申しておるだけだ」

文史郎は左衛門を手で制した。

「小峰殿、それで、それがしたちに何の用があって呼び出したのだ？　用事がなければ、我らはすぐにでも退席したいが」

「これは、失礼いたしましたな。御用というほどのことはありませぬ。ただ、お願いがありましてな」

小峰は財前屋駒五郎と顔を見合わせた。

「ほう。どのような？」

「聞ける願いと、聞けない願いがありますので、ご承知おきくだされ」

左衛門が付け加えるようにいった。

小峰は頰を歪めて笑った。

「貴殿たちは大越屋太平治の相談を受けておるとの由。実は、財前屋も土蜘蛛を名乗る一味から、脅迫を受けておりましてな」

「ほう？」

文史郎は訝った。

小峰は財前屋駒五郎に目をやった。

「のう、財前屋」

「はい。さようで。どういう風の吹き回しか、私どもにも、例の開墾事業から手を引けとありましてな。私どもは落札できず、大越屋さんのお仕事のお零《こぼ》れすらいただけない、というのに、どういうことでございましょうかねえ」

「それはほんとうに土蜘蛛一味からの脅迫状だったのか？」

「はい。ほんとうでございます。それで、急いで小峰様に、どうしようか、と相談いたした次第にございます」

左衛門が口を挟んだ。

「財前屋駒五郎殿、その件の依頼でしたら、我らはお引き受けできかねます。大越屋の相談が先でござるので」

「いえ、なに、その相談をするつもりはございません。私どもには心強いお方がおりますのでな」

財前屋駒五郎はにやっと笑った。小峰がうなずいた。

「財前屋駒五郎の警護については、この栗栖が仕ることで十分と思いましてな。貴殿たちの力を借りることはありますまい」

「では、願いと申されるのは、何のことでござるか？」

小峰は笑みを消し、真顔になった。

「相談人、大越屋の相談を受けるのはいいが、警護の分を越え、当藩の内部について、あまり立ち入らぬことだ。余計な詮索《せんさく》はなさらぬよう、お願いいたしたい。さもないと、我らを敵に回すことになりましょう」

文史郎は左衛門と顔を見合わせた。

「それは脅しか？」

「いや、警告と申し上げておこう」

小峰は低い声でいった。

文史郎は胸を張った。

「もし、おぬしの警告を断ったら？」

「…………」

小峰は無言で栗栖に顎をしゃくった。

栗栖幹之介の左手が、静かに傍らの刀を引き寄せた。右手が柄を握る。鯉口を切った。

半眼のまま、文史郎の動きを窺っている。

栗栖の全身から放たれた殺気が、文史郎に押し寄せた。

文史郎は静かに小刀に左手を添えた。

抜き打ちで来るか。

そのときは、瞬時に栗栖の懐に飛び込み、小刀で斬り上げる。大刀を抜くよりも一瞬先に、小刀で喉を切り裂いてやる。

「殿」

「爺、動くな」

文史郎は静かに栗栖を睨み返した。

栗栖も文史郎の動きを読んだ様子だった。

栗栖も微動たりせず文史郎の気を窺った。

時間がじりじり過ぎて行く。

左衛門は片膝立ちになり、大刀を手にしている。

栗栖の額から、汗が噴き出している。

対する文史郎は、平然としている。

小峰が不意に、はははと笑った。

「待て。栗栖。冗談だ。引け」

「はっ」

栗栖は口をへの字にして、大刀をゆっくりと脇の元の場所に戻した。

文史郎はさすがに腹に据えかねた。

「小峰、これは、いかな真似か」

小峰はばつの悪そうな顔でいった。

「いや、まこと申し訳ない。剣客相談人の腕を試させようとしただけだ。ご容赦くだされ。しかし、さすが、剣客相談人。おみそれした」

文史郎もようやく構えを緩めた。

左衛門は片膝立ちのまま、まだ大刀の柄《つか》に手をかけている。

「御用というのは、このような腕試しだったのか？」

「無礼な」左衛門は気色《けしき》ばんでいる。

「ほんとうにご無礼仕った。実は、殿の依頼も剣客相談人は引き受けなさったとおきした。それがしや栗栖幹之介たち臣下がいるのに、殿は、なぜに我らを信用して相談してくださらぬのか？　そう思ってのこと」

文史郎は小峰を睨んだ。

小峰は文史郎にいった。

「いったい、相談人は殿から何を頼まれたのか、話してくれぬかと思って呼び止めた次第。いかがであろうか？　お話ししてくれまいか？」

「お断わり申す。依頼の内容については、いかなる事情があれ、いっさい他言しないのが、我ら相談人の掟でござる」

「さようか。さようであろうな」

小峰はあきらめたようにいった。

文史郎は刀を取り上げ、立ち上がった。

「では、我々はこれにて失礼いたす。御免」

文史郎は左衛門に行くぞ、と目配せした。

左衛門は小峰たちに言葉を投げ捨て、文史郎のあとに続いた。

「ほんとに無礼千万。けしからん」

控えの間では、心配顔の白川が待っていた。

「相談人殿、御家老の呼び出しは、いったい何ごとでしたか」

「余計なことに首を突っ込むなという警告を受けた。でないと、筆頭家老たちを敵に回すことになるとな」

文史郎は笑いながらいった。

白川は苦々しい顔をした。

「まことにけしからん。殿に申し上げておきましょう」

左衛門がいった。

「白川殿、そんなことよりも、馬と上意の書状はご用意願えたですかな?」

「もちろんでござる。書状はまもなく届きます。馬については馬廻り組の者が、二頭、元気のいい馬をご用意しております」

「では、爺、一刻も早く出立いたそう」

文史郎は左衛門に促した。

三

なんて、慌ただしい旅立ちなの。私も連れて行かずに。

弥生は腹立たしげに文史郎と左衛門の馬上姿が通りの角を曲がるまで見送った。

通りを往来する人たちは、突然、何が起こったのか、と物見高く文史郎たちを見送っていた。

「わしも同行したかったが、どうも、あの四足の動物が苦手でな」

大門はからからと笑った。

道場前に出て来た師範代の武田広之進をはじめ、高井ら門弟たちは見送りが終わり、ぞろぞろと道場へ戻りはじめていた。

「それに、弥生殿はお福さんたち一家を守る役目が、それがしには大越屋を守る役目がありますからな。今回は同行するのは難しいでしょう。我慢しましょう」

「分かっています。でも、同じ相談人ではあっても、いつも、文史郎様はそれがしを味噌っ滓《かす》になさる」

「ははは。それは弥生殿を大事に思うからですよ。いやなに、拙者も気持ちは殿と同じでござるが」

大門は照れたように頭を掻いた。

「そうはいっても、つまらない」

弥生は袴の埃を叩き落とした。三和土《たたき》で草履を脱ぎ、式台に上がった。

道場では武田の号令で、何ごともなかったかのように、また門弟たちの掛かり稽古が始まっていた。

弥生は見所に座り、稽古着の前をきちんと合わせて居住まいを正した。

門弟たちの稽古の様子を観ながら、文史郎たちに思いを馳せた。

いまごろは、日光街道に入り、馬を馳せているころだ。

弥生も子供のころ、よく馬場に出掛けては、父大瀧の指南で馬に乗っている。娘だてらに馬に乗るとはと陰口をきかれることもあったが、武家の娘のたしなみとして、馬術も習得しておく、というのが大瀧家の家訓であった。

最近こそ、馬に乗る機会は少なくなったものの、いまでも馬の扱いには自信がある。

どたどたっと足音が響き、子供たちが裏から見所に走り込んだ。

「やあやあ」

竹刀を掲げた千代丸や小次郎が、逃げる健太を追い回す。

見所の近くで稽古をしていた武田が相手の門弟に「待て」の仕草をした。

健太と千代丸、小次郎が稽古をしている門弟たちの間を駆け回った。

稽古が中断された。

「あ、いかん。これ、健太、千代丸、小次郎、ここで遊んではいかん。裏庭へ行って遊ぶんだ」

見所にいた大門が慌てて立ち上がり、子供たちを捕まえようとした。

健太たちはかえって歓声を上げ、道場の中を逃げ回る。そのあとを髯の大門が追いかけ回す。

門弟たちは爆笑した。

男の子たちだけでなく、おみね、おとよの二人も裏手から現れた。

「弥生姉ちゃん」「姉ちゃん」

おみねとおとよは、正座している弥生にまとわりついたり、膝の上に腰を下ろして座ったりしている。

「まあまあ」

弥生は子供の扱いに慣れていないので、どうしたらいいものか当惑した。

ようやく健太たちを取り押さえた大門が、見所に戻り、髯面をほころばせた。

「これこれ、お嬢たちも、弥生殿に迷惑をかけてはいかんぞ。稽古の邪魔だ。あっちへお行き」

「はーい」

おみねたちは素直に従い、弥生の膝から下りた。

裏から赤ん坊の泣き声がきこえた。

廊下から、赤ん坊を背にしたお福が急ぎ足で見所に入って来た。

「まあまあ、あんたたち、道場へ来てはいけないって、あんなにいったでしょうが」

お福は健太や千代丸の襟首をむんずと摑んだ。

「弥生様、ほんと、済みませんねえ、子供たちが稽古の邪魔をして」

「いいですよ。子供なんだから。少々暴れても。元気があっていい。ただ、稽古に巻き込まれて怪我をすると困るので、稽古場には入らないでね」

「いいかい、健太、千代丸、小次郎もだよ。稽古場に入ってはだめ。いいかい」

お福は健太や千代丸、小次郎の耳元にいってきかせた。

「はーい」「はーい」

健太と小次郎は返事をした。千代丸も小さい声で「はーい」といった。

「あらあら、千代丸も、やっと返事をするようになったねえ。いい子いい子だよ」

お福は千代丸を引き寄せ、抱き締めた。

千代丸は照れ臭そうに嫌がったが、うれしそうに笑っていた。

「母ちゃん、千代丸ばっか可愛がって」

健太と小次郎が不貞腐《ふてくさ》れた。

「千代丸はね、可哀想な子なんだから、こうして可愛がってやらねばね」

「だってえ」小次郎が身をくねらせた。

健太も不服そうな顔で千代丸を睨んでいた。

「はいはい。健太も小次郎も寄っといで」

お福は健太と小次郎も引き寄せ、千代丸と同様、太い腕で抱き締めた。

「痛てて。母ちゃん、痛えよ」

健太はうれしそうに悲鳴を上げた。

小次郎もお福の腕の中で笑っている。千代丸も白い歯を見せていた。

「あ、いいんだ」「あたいたちも」

控えの間から、おみねとおとよが駆け戻って、お福のどっしりした腰にまとわりついた。

お福の軀に子供たちがしがみつき、ヒト団子になっている。

大門が感心したように目を細めた。

「さすが、お福さんだねえ。いまじゃ、千代丸も、すっかりお福さんになじんで、実の子のようになっていますな」

「ほんと。お福さんの子になっている」

弥生も驚いた。

大門が頰を崩していった。

「千代丸が長屋に来たときには、ぶすっと膨れっ面をして、笑わなかったものな。それが、お福さんに引き取られてから、笑うようになったものね」

大門はふと武者窓に目をやり、お福を振り向いた。

「お福さん、窓から覗いてる女を見ろ」

「なに?」

お福は武者窓に目をやった。

「ほら、千代丸を長屋に置いていった女じゃないか」

「あ、そうだ。あの女だ」

お福は叫ぶようにいった。

千代丸がお福の腕を振り解《ほど》いた。

「…………っ」

千代丸は手を差し伸べて叫んだ。

武者窓から覗いていた女の影が、すっと消えた。

「待て。そこの女」

大門が足音を立てて玄関へ駆けた。あとから千代丸が追った。

「待って、千代丸」お福が追おうとした。

「待ちなさい」

弥生も咄嗟《とっさ》に千代丸のあとを追った。

突然、外で女の悲鳴が上がった。

弥生は玄関の式台から三和土に下りるところで、千代丸の小さな軀を捉まえた。

「たつ、たつ」

千代丸は弥生の腕の中で手足をばたばたさせて暴れた。

玄関先で人の争う気配があった。

人集《だか》りができている。

「誰か！」

大門の加勢を呼ぶ声が響いた。

弥生は暴れる千代丸を、駆け付けたお福に渡した。

師範代の武田や門弟の高井たちも何ごとかと、玄関先に駆け付けた。

弥生は草履を履くのももどかしく、袋竹刀を手に玄関先に走り出た。

物見高い野次馬たちの人垣ができていた。

「退《の》いて退いて」

弥生は人垣を掻き分けて前に出た。
七、八人の男たちが、脇差や刀を振りかざして、大門を囲んでいた。
「待て。待て。なぜ、この女を襲う」

大門は手を拡げ、大音声《だいおんじょう》で周りの男たちを威嚇した。腕を斬られ、血が袖を汚していた。

大門は素手で何も得物《えもの》は持っていない。大門は足許に蹲《うずくま》る女を庇《かば》っていた。

男たちは、行商人風だったり、大工職人の格好をしていたり、町奴だったり、浪人風だったりしている。

「髯、邪魔だ！　そこを退け！」

行商人風の男が脇差を大門に振り下ろした。

周囲に悲鳴が上がった。

大門の軀がくるりと回り、脇差を躱した。と思うと、行商人の腕を摑み、腰に乗せて投げ飛ばした。男は砂利道にどうっと倒れた。

「おのれ、こやつ、邪魔するか」

浪人風の男が大刀を構え、大門に突き入れようとした。

「それがしが、お相手いたす」

弥生が走り込み、浪人の胴を袋竹刀でしたたかに打った。袋竹刀とはいえ、弥生の鋭い打突に、浪人はその場に蹲《うずくま》った。

「来るか？」

弥生は背に大門を庇い、残る男たちを見回した。

町奴や大工職人、さらに飴売り、虚無僧《こむそう》がそれぞれ脇差を八相に構え、弥生と大門を取り囲んだ。

「弥生殿、かたじけない」

大門が背後でいった。

いきなり虚無僧と町奴が左右から弥生に斬りかかった。

弥生は躍り上がり、虚無僧の小手を叩き、返す刀で町奴の喉元に突きを入れた。

一瞬の早業に、野次馬がどっと湧いた。

虚無僧は脇差を取り落とし、町奴は喉を抑えて、その場に倒れ、のたうち回った。

飴売りや大工職人、腰車で投げ飛ばされた行商人風の男、それに浪人が再び弥生と大門に脇差を構えた。男たちの目は怒りで血走っていた。

「弥生殿！」「大門殿！」

師範代の武田をはじめ、大勢の門弟たちが木刀を手に野次馬を押し退けて突進して来た。

「引け、引け」

男たちの一人が叫んだ。

それを合図に男たちは倒れた仲間を担ぎ上げ、一斉に遁走《とんそう》して行く。門弟たちは喚声を上げて追っていく。

弥生はほっとして大門を振り返った。

「大門殿、大丈夫ですか？」

「拙者は、大丈夫だ。それよりも、この女が危ない」

大門は蹲った女を介抱していた。

弥生も女に屈み込んだ。

小袖姿に、長い髪はおすべらかし。武家の奥女中だ。

女は背中と腹を斬られている。血潮が砂利に滴っていた。傷は深手だった。

「おい、しっかりしろ」

「しっかり気を持って。もう大丈夫」

大門と弥生は代わる代わる励ました。

顔面蒼白になっている。

「名前は？」

「……をお願い」

女は喘ぎながら、とぎれとぎれに何ごとかをいった。

野次馬を搔き分け、玉吉が顔を出した。

「大門の旦那、いったい、どうしたんで？」

「分からぬ。よかった。玉吉、大至急に蘭医の幸庵を呼んで来てくれ。この女の命、なんとしても助けたい」

「合点で」

玉吉は踵を返して、野次馬の中に消えた。

門弟たちが戻って来た。師範代の武田が一目、女を見ると門弟たちに命じた。

「戸板を持って来い。蒲団もだ。急げ」

門弟たちは我先に道場へ駆け戻った。

弥生が武田に訊いた。

「あの者たちは、何者？」

「あの風体《ふうてい》は、おそらく、どこかのお庭番かと」

「お庭番？　誰か捕まえましたか？」

「いや。逃げ足が速く、掘割に待っていた仲間の舟につぎつぎ乗り移り、どこかへ逃走しました」

「仕方ないですね」

門弟たちがわいわい騒ぎながら、蒲団と戸板を運んで来た。

「そこへ置いて」

大門が女を抱き上げ、戸板の上に敷かれた蒲団の上に女を載せた。

「しっかり。医者が来ますからね」

弥生が声をかけた。五、六人の門弟たちが女を載せた戸板を持ち上げた。

門弟たちは武田の先導で、戸板に載せた女を道場へと運んで行く。

「大門殿、あなたも腕を斬られたのでしょ」

「なんの、これしきの傷」

大門はにやっと髯面を歪ませて笑った。

無事に女を載せた戸板を道場の玄関から式台に運び込んだ。

「たつ！　たつ！」

お福に抱えられた千代丸は女を見ると、また暴れはじめ、大声で叫びながら、お福の手を振り解き、戸板の女に駆け寄った。

「たつ、たつ！」

千代丸は泣きながら、女にすがった。女はその声にうっすらと目を開いた。

「……おぼっちゃま」

「たつ、死んじゃいやだ。死んじゃいやだ」

弥生が千代丸の軀を抱えた。

「千代丸、大丈夫。いまお医者が来ます。大丈夫ですよ」

お福も心配顔で千代丸を抱き、頭を撫でた。

女はうっすらと開いた目で、大門を見、ついで弥生とお福を見た。

「……相談人のお殿様は？」

大門はうなずいた。

「いまはいない。だが、安心せよ。わしらも相談人だ」

「そうですよ。それがしも相談人。安心しなさい」

弥生も女にいった。

女は目を瞑った。

「……丸様をお願いします」

「誰を頼むというのか？」

「武丸様……」

女はそれだけいうと、安堵したらしく、気を失った。

「武丸だと？」

大門と弥生は顔を見合わせた。

弥生が千代丸の前にしゃがみ、両肩に手をかけた。優しい声で訊いた。

「あなたのほんとうの名は武丸なの？」

千代丸は弥生をじっと見つめた。

だが、何も答えない。

「大丈夫。私はあなたの味方よ。安心して。あなたは武丸なの？」

千代丸は、こっくりとうなずいた。

武丸は女を「たつ、たつ」と連呼していた。

「もしかしてタツは、乳母のお達様のこと？」

武丸はこっくりとうなずいた。

弥生は一瞬呆然とした。

文史郎たちが聞き込んだ、お達たちは江戸を離れ在所の信濃に向かっているという話は、でたらめだったというのか？

大門がお達の様子を見ながらいった。

「弥生殿、このままでは危のうござる。止血をせねばならない」

弥生は門弟たちにいった。

「誰か、お湯、お湯を沸かして。きっとお医者が来たら、お湯が必要になるはず」

門弟たちの何人かが急いで台所へ走った。

「あたしも、お湯を沸かします」

お福は、ばたばたと足音を立て、台所へ駆け出した。子供たちがあとを追った。

武丸は、心配そうに、戸板に載せられた女の手を握り、傍らから離れなかった。

四

出立してから、二日というもの馬を駆りに駆った。

とはいえ、馬も人も生き物。一時の休みも取らず、一日中、馬を走らせることなどできはしない。

雨も降れば、風も吹く。一日の寒暖の差も、軀には堪える。

馬には堪えるし、馬上の人間にも堪える。

暗夜無理をすれば山中を行くことはできなくはないが、馬も人も疲れはてる。夜盗も出れば、狼も出る。足場が悪いところで、足を滑らせたり、落馬すれば、人も馬も怪我をしかねない。

馬を過度に走らせれば、潰《つぶ》すことになりかねない。

旅は、人も馬も無理が禁物だ。朝早く出立し、暗くなれば宿場町で、人も馬もゆっくり休みを取り、翌日に備える。

文史郎と左衛門は、ともかく馬を大事にしての急ぎ旅を続けた。

二日目、安中《あんなか》の宿場町に到着した文史郎と左衛門は、馬を休ませると、すぐに厩《うまや》の馬喰《ばくろう》たち、番屋の小役人、駕籠舁き、旅籠の客引き女たちに聞き込みを行なった。

子連れの旅をする女二人を見かけなかったか？

お篠武丸の母子と乳母お達だ。

五歳の武丸を終日歩かせるわけにはいかない。だだをこねれば、お篠かお達が背負うことになる。そうなれば格段に旅の足は遅くなる。

二人が追っ手を恐れて、先を急ごうとすれば、武丸を馬に乗せるか、自分たちも駕籠に乗るだろう。

だが、馬喰も駕籠舁きたちも、そんな母子の旅人は見かけなかったと頭を左右に振った。

番屋の小役人も旅籠の客引き女たちも、一様に頭を振る。

お篠とお達が江戸を発ったのは四日以上前のことだ。どんなに遅くても、安中の宿場は越えていると見ていい。

「殿、ともあれ、碓氷の関所に行きましょう。そこをお達たちが通[illegible]否かでございましょう。通っていなかったら、張り込むし、すでに通っていたら、追い[illegible]るしかありません」

文史郎は左衛門の見方に賛同した。

とりあえず、碓氷峠でこれから先のことを考えよう。

三日目の早朝、安中の宿場を発ち、松井田《まついだ》宿を過ぎると、いよいよ山道一番の険しい碓氷峠だ。

峠への山道は、延々と急な坂や、崖に沿った悪路難所が続く。馬にとっても人にとっても、一瞬たりとも気が抜けない峠道である。

山道の周囲には、奇岩怪石の峰々が聳《そび》え立ち、雲が尾根を巻き、冷たい風が音を立てて唸る。

峠には、人にとって、さらに難所となる碓氷の関所が控えている。

関所には、今日中に峠を越えようという行商人や侍、婦女子が屯《たむろ》していた。

文史郎たちが関所に入ったのは、まだ昼下がりの時刻だった。

待合場所には、子連れの女二人の旅人は見当らなかった。居たのは、お遍路《へんろ》の老人夫婦、行商人たち、旅芸人一座の男女子供、どこかの藩の侍夫婦、善光寺《ぜんこうじ》参りの老若男女一行といった色とりどりの面々だった。

文史郎たちは、とりあえず、白川が用意した通行手形を見せ、関所を通過した。

関所の出口に差しかかったとき、左衛門が文史郎に囁いた。

「殿、出口の待合所でお待ちください」

「爺は？」

「馬を引き出して来ます」

左衛門は厩への通用口に姿を消した。

文史郎は先に関所の門を潜って外へ出た。

門の外の待合所には、江戸へ下ろうとする旅人たちが長蛇の列を作っていた。

文史郎は待合所の桟敷に腰を下ろし、キセルで莨を燻らせた。

左衛門はなかなか姿を現さなかった。

馬の通過に手間取っているらしい。

しばらくすると、二頭の馬の轡《くつわ》を取った左衛門が厩の方から現

「お待たせしました」

「時間がかかったな。馬について、何か問題があったのか？」

「いえ。馬は何も問題はありません。ついでにと思

旅人について聞き込んでみたのです」

左衛門は関所を振り返った。

関所は「出女《でおんな》に入り鉄砲」といって、江戸から出ようとする女と、逆に江戸へ入れる鉄砲について厳重に審査した。

そのため、関所には女改めの下番所があり、女の旅人については、通行手形の審査のほか、申請通りの人定かどうか、「改め女」や「さぐり婆」によって、一人一人厳しい身体検査が行なわれた。

とはいえ、所詮は人のやることである。気は心。役人への付け届け次第で、抜け道はいくらでもあり、手心も加えられる。

「それで、何か分かったか？」

「それらしき子連れの女は、通っていない、とのことです」

「まだ、お達たちは通過していない、ということか？　それとも、裏道を抜けて関所破りをしたのか？」

左衛門はにやりと笑った。

「だが、収穫はありました。下番の話では、今朝、従者二人を連れた女が一人通ったそうです」

「そうですが、従者が事前に提出した通行手形は、信濃秋山藩の中臈の貴代とあったそうです」

「なに、貴代か？　お達の同僚ではないか？」

「ですが、はたして、ほんとうに貴代かどうか。おそらく誰かが貴代の名を騙って関所を通ったのではないか、と」

「つまり、お篠かお達が、貴代を名乗って通ったかもしれぬというのだな」

「はい。ともあれ、下番の話では上役の上番《かみばん》や改め女たちに、かなりの鼻薬《はなぐすり》がふるまわれたらしい。その中臈が到着すると、わざわざ上番役人が迎えに出て、女改めもそこそこに、関所を通過させたというのです」

「もし、通ったのがお篠かお達だったとして、いっしょにいた子供は、いかがいたしたのだろうか？」

「下番の話では、すでに何組も親子連れを通しており、その中に武丸がいたか、あるいは、これから何か別の手立てで通すつもりなのかもしれません。ともあれ、我らが追う一人は、一刻前に、ここを通ったということだけは確かです」

「よし。爺、まずは、その貴代を名乗る女に追いつこう。敵も気付いているやもしれぬ」
「はっ」
左衛門はうなずいた。
文史郎は馬の鼻面を撫で、ひらりと馬に跨がった。左衛門も馬の背に乗った。
峠の眼下には鬱蒼《うっそう》とした森林が拡がっている。その森の中に街道は下って行く。
「はいよう」
文史郎は馬の腹を鐙《あぶみ》で蹴った。
二頭の馬は、一気に坂道を走りはじめた。
一刻ほど前に出立したとすれば、急ぎ足でも一、二里の距離しか行っていない。
文史郎たちの疾駆する馬に、街道を行く旅人たちは飛び退いている。
ほどなく街道の先の道端で、白刃がきらめき、激しく人の争う姿が目に飛び込んだ。
数人の旅人たちが立往生して、右往左往していた。
文史郎はいったん馬の手綱《たづな》を引いて止めた。傍らに左衛門が馬の轡を並べた。
街道は芒《すすき》の原にさしかかっていた。そこで芒に見え隠れして、斬り合う人影があった。
数多くの白い巡礼姿の男たちが、二、三人を取り囲み、襲いかかっている。

「殿、女子がいます。きっと、あれが貴代を名乗る女と従者かと」

「爺、助けに参るぞ」

文史郎は左衛門に怒鳴り、馬を駆った。

左衛門の馬が続く。

文史郎は芒の叢《くさむら》に追い詰められた男二人と女一人の前に馬を突入させた。

男のような旅姿をした女は武道の心得があるらしく、刀を八相《はっそう》に構え、周囲の巡礼姿の男たちと斬り結んでいた。

しかし、巡礼たちは芒の叢の陰から、陽炎《かげろう》のように次から次に姿を現して来る。

すでに女の足許に二人の従者が斬られて、倒れていた。

「多勢に無勢は卑怯なり。御加勢いたす」

文史郎はひらりと馬から飛び降りた。

続いて左衛門。

巡礼姿の男たちは、文史郎たちの出現に、一瞬たじろいだ。

「拙者がお相手いたす」

文史郎は馬の鞍に据え付けた刀を抜き放って、女の前に走り出た。

「構わぬ、いっしょにやれ」

頭《かしら》らしい男の命令が下った。

同時に正面の男が文史郎に斬りかかった。

文史郎は相手の刀を受け払い、胴を斬った。

相手は白衣を血で染めて倒れた。

ほかの巡礼者たちも動き、女や左衛門に斬りかかった。たちまち、刀の打ち合う音や気合いが響いた。

文史郎は身を躱し、次に斬りかかった巡礼者を上段から真っ向袈裟懸けに斬り下ろした。

相手は朱に染まって転がった。

女も別の相手を斬り払い、文史郎と背中合わせになった。

「御加勢かたじけない」

女は肩越しにいった。

左衛門も二人と激しく斬り合っている。

一呼吸ついたところで、文史郎は、女の背から離れ、正面の巡礼者に打って出た。

相手は慌てて引くと同時に、別の巡礼者たちが左右から文史郎に斬りかかった。

文史郎は軀を一回転させ、左から右、さらに正面の男たちを撫で斬りした。

三人の巡礼者が、その場にずるずるっと崩れ落ちた。

女は、と見ると、女も一人を下段から斬り上げていた。

おすべらかしにした長い黒髪が、女の踊るような動きに合わせ、背で躍動している。

美しい。文史郎は一瞬見とれた。

「殿、後ろ。危ない」左衛門の声。

文史郎は振り向きざま、斬りかかった相手の胴を抜いた。血潮が迸《ほとばし》った。相手は文史郎に倒れかかるようにして転がった。

左衛門も二人を斬り伏せ、文史郎と背中合わせになった。

「殿、御油断召されるな」

「分かっておる」

文史郎は周囲に目をやった。

まだ巡礼者姿の刺客たちは七、八人ほど残っている。

文史郎と左衛門は女の傍に寄った。

三人で背中合わせになり、三方から迫る刺客たちに刀を向けた。

芒の原には、あちらこちらに巡礼者たちが倒れ、呻き声を上げている。

どこからか、ぴりりっと笛が鳴った。

「引け」

頭《かしら》らしい行者が叫んだ。

それを合図に、周囲から新手《あらて》の巡礼姿の男たちが現れ、怪我人や遺体を担ぎ、すーっと音も立てずに芒の叢の陰に引きはじめた。

それも束の間、文史郎たち三人を残し、誰の姿もいなくなった。

女は倒れている従者の男たちに駆け寄った。

「………」

刀を地面に突き刺して、男を抱え起こしたが絶命していた。

もう一人も抱えたが、やはり息をしていない。

女は気丈に何もいわず、二人を横たえ、手を合わせた。

文史郎は懐紙で刀を拭い、馬の背に据え付けた鞘に戻した。

「御女中、お怪我はないか？」

「御助けいただき、まことにかたじけのうございます」

女は文史郎と左衛門に深々と頭を下げた。

髪をひっつめに後ろに回して元を結い、髪をおすべらかしにして、背に流している。

襷掛けの小袖に裁着袴《たっつけばかま》は、まるで若侍の格好だ。

顔はいくぶん上気して、頰がほんのり桜色をしている。汗ばんだ富士額に、ほつれ毛が何本も貼り付いていた。

きりりとした眉に黒目勝ちの大きな目。小さな鼻の下に、肉感的な唇。

美形だ。

文史郎は単刀直入に訊いた。

「おぬし、もしや、関所では信濃秋山藩奥女中の中臈貴代と名乗られたが、ほんとうはお篠殿ではござらぬか？」

女の顔色が変わった。さっと跳び退き、地面に突き刺した刀を取り、青眼《せいがん》に構えた。

「我らは怪しい者にあらず。江戸で相談人をしている大館文史郎」

左衛門がすかさず続けた。

「同じく篠塚左衛門にござる」

「拙者たち、本田助顕殿より、お篠殿、武丸君を御助けいたすよう依頼されておる。お篠殿であれば味方だ。敵ではない。ご安心あれ」

文史郎は両手を拡げ、丸腰であることを示した。

「相談人様、これは失礼仕った」

女は刀を懐紙で拭い、腰の鞘に納めた。

「それがし、いや、私は、お察しの通り、お篠にございます」

「やはりそうか。よかった。間に合った」

「殿、駆けつけた甲斐がありましたな」

左衛門も顔を綻ばせた。

文史郎はうなずき、お篠に尋ねた。

「今後は、我らがお守りいたす。して、武丸君やお達殿は、どちらにおられるのか？」

「え？　武丸は、お達が相談人にお預け願ったはずでしたが」

「なに、我らに預けたと？」

文史郎は左衛門と顔を見合わせた。

いったい、どうなっているのだ？

「はい。お達と私は敵に追われ、分かれて、ばらばらになったのです。私はわざと敵の目を引き付け、お達たちが逃げのびるのを助けた。それで、お達にもいっておいたのです。私は信濃に戻り、いったい、何が起こっているのか、それを見極めたいと。故郷に残ったお父上を助けようと」

お篠は言葉をいったん切った。

「その一方、お達には名高い相談人様におすがりして、私が江戸へ帰るまで、武丸を預かっていただくようお願いしようとなったのです」

「そのような依頼は、なかったが」

文史郎は左衛門と顔を見合わせた。

「お達は、相談人をお訪ねしなかったのですか？」

「殿、もしや、あの捨て子では？」

「千代丸のことか？」

「捨て子ですって？」

左衛門が一部始終をお篠に話してきかせた。

「ああ、その子です。女の子に仕立てて、連れて行けば、敵の間諜の目もごまかせましょう。おそらく、お達は敵に追われていて、相談人様に話す間がなかったのに違いありません」

お篠は心配顔になった。

「……でも、どうしましょう。お達がそんなふうに敵に追われ、危なかったら、きっと武丸も危なくなる」

「お篠殿、大丈夫だ。そういう事情とは知らなかったが、長屋のお福が武丸を預かり、我が子のように可愛がっている。いまは、そのお福一家は、同じ相談人の弥生という女道場主のもとに匿われている。弥生は、おぬしに勝るとも劣らない女剣士だ」

「そうでござる。それから、大門甚兵衛という豪傑もおりますし、師範代の武田をはじめ、大勢の若い元気な門弟たちが、武丸の護衛にあたっていることでしょう」

左衛門が付け加えた。

「そうとおききして安心しました」

お篠はようやく表情を緩めた。

街道には、大勢の旅人が足を止め、文史郎たちを覗き込んでいた。

やがて馬に乗った役人を先頭に関所の捕り手たちが駆けて来るのが遠望できた。

誰かが関所の役人に通報したらしい。

お篠は現実に返った様子で、地面に横たわった二人の従者の遺体を見た。

「この者たちは、父が出してくれた迎えの者たちです。このままでは……」

「役人たちが来たら話をして、手厚く埋葬していただこう。ご安心あれ」

文史郎は左衛門に目配せをした。

左衛門は「お任せを」と頷いた。

五

文史郎は話しながら、すべての出来事が信濃秋山藩の開墾事業とどこかで繋がっていると思った。いったい、開墾事業をめぐって、何があったのか、一度この目で見てみたい。

「ともかく、このままでは戻れません。開墾で、いったい故郷の村がどうなっているのか。それに床《とこ》に伏せったお父上のご容態を見なくては、江戸へ戻れません」

馬上で、お篠は文史郎の背に頰を押しつけ、軀に腕を回してしがみついていた。

「そうでござるか。お父上が伏せっておられるのか。それは心配でござろうな」

文史郎は背中にお篠の軀の温もりを感じながら、馬を歩ませた。

お篠は武丸を産んだとはいえ、まだ二十代の半ばの若さに溢れた美しい女だった。

そのお篠が文史郎の腹に腕を回し、馬上から振り落とされまいと、ぴったりと背に軀を密着させている。

肩越しにお篠のほのかな芳しい香が匂って来る。

このまま、ずっと道中が続いたらいいのに、と文史郎は思った。

馬たちは急な山道を登り降りしたせいで、だいぶ疲れている。首の上げ下げが大きくなった。

先を行く左衛門が馬上で文史郎たちを振り返った。

「殿、坂本《さかもと》の宿場で新しい馬を調達いたします。お篠殿も、それまでの辛抱ですぞ」

文史郎は分かったと手で答えた。

爺め、余計なことをいいおって。

文史郎は内心で毒づいた。

「殿？　相談人様もお殿様ですの？」

「いまは昔の話でござる。いまは、殿様なんぞという窮屈極まるものとはすっぱり縁を切り、天下御免の素浪人。自由気ままな人生を送っておる」

「まあ、羨ましい」

「城の堅苦しい生活には、もう戻るつもりはない。長屋暮らしは貧乏暇なしだが、それはそれで悪くないぞ」

「お子さまは？」

「在所に二人いる」

「男の子、それとも姫？」

「どちらも姫だ」

「可愛いでしょう?」

「いまは可愛い盛りだが、実は在所に戻ることがないので、会うことができぬ」

「それはお寂しいでしょうに」

「うむ。だが、仕方がない、とあきらめておる」

前方に坂本宿の家並みが見えて来た。

「相談人様……」

「相談人よりも、文史郎と呼んでくれ」

「はい。では、文史郎様……」

「なんだ?」

「私も文史郎様のように、武丸といっしょに長屋暮らしがしとうございます」

「長屋暮らしはいいぞ。長屋の住人は皆、気やすくて、親切。楽しいぞ。ちとお節介焼きで、ありがた迷惑なときもあるがな。江戸へ戻ったら、武丸を連れて、安兵衛店に遊びに来るがいい」

「いいのですか。私のような者が行っても」

「大歓迎だ。もし、長屋が気に入ったら……」

文史郎は、そのあとの言葉を飲み込んだ。

助顕殿の愛妾に、こんなことをいっていいのか、という躊躇《ためら》いがあった。

お篠は悪戯っぽそうにいった。

「もし、気に入ったらなんですの？」

「それがしたちと暮らさぬか？」

「まあ。うれしい。……」

お篠は腕に力を込めて、文史郎の軀を抱き締めた。

もしかして、お篠は本田助顕殿とうまくいっていないのかもしれない、と文史郎は思った。

助顕殿の話によれば、最近は滅多にお篠と逢っていない口振りだった。

「お篠殿は助顕殿と、これからもいっしょに暮らすつもりはあるのか？」

「………」

お篠は何も答えず、文史郎の背に顔を押しつけ、腰に回した腕をきつく締めた。

「このままでいとうございます」

「………？」

どういう意味なのだ？

文史郎は、胸が高鳴った。腰に回したお篠の手を握り返したかった。

だが、できなかった。

左衛門が馬の轡を返して迎えに来た。

「殿、この先に宿場の厩があるようです」

不粋な爺め。邪魔しおって。宿場に厩があるのは、見れば分かる。

文史郎は心の中で毒づいた。

「殿、大丈夫でござるか」

「大丈夫。見れば分かるだろう」

「お篠様がだいぶお疲れの様子なので」

「わたしも大丈夫です。左衛門様」

お篠は笑いながらいった。

「殿が下らぬことをいわなかったですかな」

余計な心配をしおって。

文史郎は心の中で悪態をついた。

「……夢のような話でしたよ」

お篠は背中に頰を押しつけたままいった。

「はあ？」左衛門は怪訝な顔をした。

文史郎は取って付けたようにいった。

「……ともあれ、分かり申した。我らもお篠殿に同行して秋山の里に参ることにいたそう。お篠殿をお守りするのが、我らの役目でござるのでな」

「……はい。よろしくお願いいたします」

お篠は小声でいった。

左衛門は不審げに文史郎を見たが、何もいわず、馬の首を返し、宿場町へと馬を進めた。

坂本宿で、文史郎たちはお篠のために馬一頭を調達することにした。

馬喰たちは交渉に立った左衛門に高い値段を吹っかけて来た。

お篠に卑猥な言葉を吐いてからかった。

文史郎が出ようとしたのを、お篠は手で制した。お篠は帳場にいた馬喰頭につかつかと近寄ると、北信濃の村落の名をいい、その村長《むらおさ》の娘だと告げた。

それをきくなり、それまで知らぬ顔をしていた馬喰頭は掌《てのひら》を返すように態度を変えた。それればかりか馬の売り値を半値にまで下げた。

「村長の井佐衛門様には、かつて一方《ひとかた》ならぬお世話になりました。その井佐衛門様のお嬢様とは知らず、手下の馬鹿どもが大変失礼いたしまして、申し訳ございません。手下たちには、強く叱っておきますので、どうか、ご勘弁ください。こら、お嬢様に謝らんか」

馬喰頭は平謝りに謝り、傍らに土下座した馬喰たちの頭を平手で叩き伏せた。

文史郎たち三騎の馬は走りに走った。

軽井沢《かるいざわ》、沓掛《くつかけ》、追分《おいわけ》の宿を経て、中山道から分かれ、千曲川沿いに走る北陸脇往還に入る。善光寺街道とも呼ばれる脇街道だ。

その夜は、上田《うえだ》宿の旅籠に泊まった。

翌朝、文史郎たちは暗いうちに出立し、上戸倉《かみとくら》、下《しも》戸倉、屋代《やしろ》、丹波島《たんばじま》の宿場を経て、この日は須坂《すさか》町に投宿した。

無理をすれば、夜までには信濃秋山藩の領内に入ることができたが、できるだけ馬を休め、自分たちも軀を休めたかった。

明日以降、どんな強行軍が待っているか分からない。

翌朝も早出した。

昼の明るいときに、お篠の実家がある北信濃に入りたい。昼間であれば、和合ヶ原の開墾事業の様子が見ることができる。

文史郎たち三騎は、ひたすら信濃秋山藩の城下の秋山町をめざして、馬を駆った。

城下の秋山町に入ったのは昼過ぎだった。

そこで馬を少し休ませたあと、すぐにお篠の案内で、先を急ぐことにした。

千曲川沿いの道を、さらに下流域へと下った。

やがて川の周辺の田圃地帯がなくなり、川はだんだんと深い谷間の中に流れて行く。

山間部を抜ければ、今度は下越の平野に流れ込む。

行く先々でお篠は馬を止め、文史郎たちに、その土地の名前の由来やあれこれを話した。

だが、故郷の村が近付くにつれ、次第にお篠は口数が少なくなり、ついには押し黙った。

狭い谷間の岸辺の高台にはりついたような寒村を、いくつも通り過ぎた。やがて谷間が急に開け、周囲を山々に囲まれた盆地に出た。

小高い丘の上に出て、文史郎たちは馬を止めた。

目の前のあたり一面、白い穂が波打つ芒の原が拡がっていた。芒の穂は風が吹くたびに、小波となり、太陽の光を眩く反射しながら、波紋を作って拡がっていく。

「おう、素晴らしい景色だのう」

文史郎は思わず、その美しさに見とれた。

「ここが和合ヶ原です」

お篠は馬上で伸び上がり、指を差した。

「そして、右手の山側に聳えている小さな山が祇園山です。その祇園山の手前を流れている細い川が女川。ここからは見えませんが、祇園山の裏手を回り込んで流れる川が男川です。この二つの川は祇園山の麓の原で合流し、その後に千曲川に流れ込みます」

「開墾するのは、この和合ヶ原だときいたが」

「はい。この和合ヶ原一帯が、いずれ田圃や畑になるときいています」

馬上で伸び上がると、芒の原の奥に煙が立ち昇っており、その周辺で大勢の人々が立ち働いている姿があった。

「参りましょう」

お篠は馬を進めながらいった。

文史郎と左衛門は、お篠のあとを追って、馬を進め、丘を下りた。

しばらく馬を駆ると、芒の原が急に終わり、今度は一面、黒々とした焼け野原になった。

抜いた木株や岩石がごろごろしている。

野焼きしたばかりだったらしく、ツンと鼻につく、きな臭い匂いがあたりに漂っていた。

その黒々とした野焼きの跡地を、何百人もの人足が鍬や鋤で掘り起こしている。あちらこちらで、鋤を引いた馬たちの姿もある。

お篠は急に馬を駆って勢い良く走り出した。

文史郎たちも急いであとを追った。

行く手に川が流れていた。女川だ。

お篠は川の浅瀬に馬を導き、川を渡りはじめた。文史郎たちも続いて浅瀬を渡った。

祇園山の麓に何軒もの農家が建った集落が見えた。

「ここが、私の故郷の村です」

お篠は馬を走らせながら大声で叫んだ。

文史郎たちも続く。

やがて文史郎たちは森を背にした大きな母屋造りの農家の庭先へに走り込んだ。

放し飼いされた鶏が馬の勢いに驚き、ばたばたと羽撃《はばた》いて逃げ惑った。

お篠は馬からひらりと飛び降りた。

庭先で脱穀《だっこく》の作業をしていた農夫や女たちが驚いて作業を止め、お篠の周りに駆け寄った。

「おーい、お篠様がお帰りになったぞ」

「お篠様、お帰りなさい」

庭先は大騒ぎになった。

お篠はみんなに囲まれ、農家の入り口に姿を消した。

中で再会の喜びの声が上がった。

文史郎たちも馬上から降りた。

大きな母屋を中心に、別棟の納屋や厩が並んでいる。

お篠の父土居《どい》井佐衛門は近隣一の庄屋で、土居村の村長をしているとのことだった。

元々は武士だったが、土地に根付いて百姓になり、いまは郷士でもあった。

文史郎と左衛門は、家の外で待っていた。

やがて騒ぎが一段落すると、お篠が母親と老婆を伴って母屋から出て来た。

「文史郎様、いや、相談人様、こちらが母の美穂《みほ》と祖母豊《とよ》にございます」

「お殿様、ようこそ、御出でくださいました」

祖母の豊が顔を皺くしゃにして文史郎と左衛門を歓迎した。

「道中、娘がたいへんお世話になったそうで。ありがとうございました」

お篠によく似た母親美穂が文史郎と左衛門に頭を下げて礼をいった。

「いや、当然のことをしたまで。礼をいうには及ばぬ」

お篠が文史郎にいった。

「さっそくですが、父が文史郎様にお目通りさせていただき、ご挨拶したいと申しておりますが、いかがでございますか」

「分かった。お目にかかろう。それがしも、おききしたいことがある」

文史郎はうなずいた。左衛門も静かに頭を振った。

井佐衛門は寝床に伏せったまま、激しく咳き込んだ。

寝床の傍らで、妻の美穂と娘のお篠が甲斐甲斐しく世話をしている。

永らく胸を患っているときいた。

顔色は紙のように白く、生気がない。軀も痩せて骨と皮だけになっている。このところ寝込んだままの生活になっているという。

文史郎は、井佐衛門の病状を一目見て、もう永くはないという予感がした。

井佐衛門は、ようやく咳き込むのが止むと、大きく息をして呼吸を整えた。

「ともあれ、相談人様、ぜひとも、お山の惨状を見てくだされ。どうなっておるかを」

「分かり申した」

文史郎はうなずいた。

「お篠、暗くなる前に、相談人様たちを男川、女川に案内して、山がどうなっているかを見てもらいなさい。おぬしも、よう見て助顕様に申し上げるがよい」

「はい。お父様。でも、最近の様子は、私では分かりません。誰か、詳しい者を付けていただけませんか」

井佐衛門は女房の美穂に顔を向けた。

「美穂、伝兵衛《でんべえ》爺を呼びなさい」

「はい」

「伝兵衛爺なら、誰よりも安心して道案内を頼めよう」

井佐衛門は呟くようにいった。

「お帰りになられたら、私が知っていることを申し上げましょうぞ」

井佐衛門は弱々しい声でいった。

六

文史郎、お篠、左衛門の三人は馬に乗り、男川の流域の山へ出立した。

道案内の伝兵衛は、かなりの年寄りだったが、ひょいひょいと身軽に岩場を跳び回り、馬に乗った文史郎たちの先に立って案内する。

文史郎たちの馬は岩場の斜面をゆっくりと歩んだ。

男川は、なだらかな山の斜面の山間《やまあい》を流れ下って来る溪流だった。

岩場の間の径を上がり、小高い岩山の上に出ると、伝兵衛は文史郎たちを止めた。

「なんも、奥まで行かなくても、ここから十分に見えるだべ」

文史郎は馬上から、伝兵衛が指差した方角を望んだ。

なだらかな山の斜面は、尾根近くまで山火事で焼け尽くされ、荒涼たる風景が拡がっていた。

黒々とした立ち木の残骸が斜面に林立しているだけだった。それはまるで無縁仏の墓場のようにすら見える。

「まあ、森がなくなっている……」

お篠は絶句した。伝兵衛はやや曲がった腰を伸ばし、手で腰をとんとんと叩いた。

「大越屋に雇われた連中は、なんと森に火を付けたんじゃ。わしら村の者が必死に止めようとしたが、間に合わなんだ。山火事は二晩燃え続け、わしらが火を消そうと木々を切り倒して、ようやく下火になった。三日目に大雨が降って、やっと鎮火したんじゃ」

「なぜ、大越屋に雇われた人足たちは、森に火を付けたというのだ？」

「森や草を燃やして、丸坊主の禿げ山にし、そこに今度は桑の苗木を植えるってえのさ。そうすれば、いちいち樹木を伐採しないで済むし、焼けた木々や葉っぱは、いい肥やしになるからってわけよ」

「乱暴なやり方だな。誰の考えだ？」

「大越屋だべ。大越屋の番頭が人足たちを指揮し、藩のお偉いさんたちが立ち合ってやったことだからな」

「信濃秋山藩公認だったのか」

「大越屋も藩のお偉いさんも、ここに住んでいねえからいいよ。山に住んでいる人達にとっては、とんでもねえ迷惑な話よ」

「あの山に住んでいる人たちがいた？」

文史郎は左衛門と顔を見合わせた。

「そうか。穴居に住んでいる山族だな」

「へい。そうです。地元では、土の下の穴ん中に棲んでいるんで、土蜘蛛一族って呼んでいるんですが、彼らは平家の落ち武者の子孫という言い伝えがある。その彼らの隠れ村も火事で燃えてしまい、何人も逃げ遅れて焼け死にしてしまったそうなんだ」

「その一族は、いまどこにいるのだ？」

「何家族かは山を降りて、里に住むようになったが、大半はさらに奥に逃げた」

「それは土蜘蛛一族も怒るだろうな」

「だけど、それだけじゃねえんだ」

「なに、ほかにもあるというのか？」

伝兵衛はうなずき、男川と反対側の女川が流れる谷間を指差した。

「あの崖崩れを見なせえ」

文史郎は女川流域の崖の一角が崩れている場所に目をやった。

「あれは、大越屋が発破《はっぱ》をしかけて、崖を崩した箇所だ」

「なぜ、そのようなことをする？」

「川を塞き止めて、堰を造るためだ。堰から男川への運河を掘って、女川の水を男川に合流させようというんだ」

伝兵衛は塞き止める岩場を指差し、ついで、女川と男川の間を繋ぐ運河になる箇所を指で線に描いた。

「その運河に流すため、女川に堰を造るんで、発破で崖を崩した。いま女川の流れはほとんど止まり、運河を伝わって男川に流れ込みはじめている。今度は男川の方でも発破をかけて岩場を崩し、こちらにも堰を造るといっているんだ」

「その堰はなんのためだ？」

「和合ヶ原を開墾して造る田圃に水を引くためだ」

「千曲川の水を引けばいいではないか？」

「千曲川の方が和合ヶ原よりも低地になっている。だから、千曲川の水を引き込むよりも、和合ヶ原に流れる男川、女川をやや上流で塞き止め、その堰から田圃に水を引く方が手間がかからない」

「そういうことか。しかし、女川を塞き止めると、これまた影響が出るだろうな」

「んだ。女川の流域にも、土蜘蛛一族の分家たちの村がある。川を塞き止められたら、生きていけない。それで堰を造ろうとしている人足たちを襲って殺してしまった。それで、藩兵が出て、有無もいわせず、その村人たちを襲って殺した」

「なるほど」

「怒った村の連中は、江戸から話し合いに来た番頭を拉致して、どこかに連れ去った。それで開墾事業を止めなければ、番頭の命はない、と藩や大越屋にいって来たらしい」

「それは大越屋の二番番頭の邦吉のことだな」

文史郎は唸った。

左衛門が伝兵衛に訊いた。

「いま、大越屋、藩と土蜘蛛一族の間は、どうなっておるのかな？」

「藩は藩兵を大勢くり出し、番頭の行方を捜している。藩兵は村人を捕まえて、痛め付け、番頭の行方を白状させようとしたので、今度は逆に村人たちが藩兵や人足を捕まえて、同じ目に合わせたりする。このあたりはあまり物騒なので、どちらも一人や二人では歩かなくなった」

「いま村人たちは、どこにいる？」

「村人たちは、山奥深く隠れて、藩兵や人足の様子を窺っているようだ。時折、山から降りて来て、藩兵の目をかすめて、普請小屋や人足小屋に火を付けたりしている」

「なるほど。これでは、開墾どころではない状態だな」

「そうなんだ。うちの村は、村長をはじめ、村人たちは、藩や大越屋側でもなく、どちらかというと山中の山族に同情しているので、いつ藩兵や人足連中から襲われるか分からないから、みな用心しているんだ」

伝兵衛はにやっと笑った。

「お嬢様、でも、いいときに戻って来なさった。相談人様たちのような強そうなお侍がいれば、藩兵や人足は、そうやたら村人に手を出さないだろうから」

お篠は悲しそうに顔を伏せた。

「どうして、こんなことになってしまったのか。なぜ、藩は開墾事業など始めたのか。助顕様は、藩が豊かになるため、ひいては領民を幸せにするためだなんていっていたけど、これでは、まったく逆じゃないの」

文史郎は慰めようもなく、左衛門と顔を見合わせるだけだった。

第四話　竹林の決闘

一

男川の焼け爛《ただ》れた山は、いまも焦げた臭いが漂っていた。

山の入り口付近に建てられていた普請小屋や人足たちの飯場が襲われて焼け落ちていた。代わりに藩兵たちの屯所《とんしょ》の掘っ立て小屋が建っているだけだった。

文史郎たちが近付くと、屯所から藩兵たちがばらばらっと現れ、行く手に立ち塞がった。

だが、藩兵たちは馬に乗った文史郎たちの身形《みなり》を見て、藩のお偉ら方が視察に来たと思い込んだ様子だった。

隊長の侍が、丁重な態度で、文史郎にこれ以上先に進むのは、山族に襲われるので危険だと告げた。

数日前にも奥地へ入った討伐隊が山族の一団に待ち伏せされ、多数の死傷者を出して引き揚げて来たという。

文史郎は隊長の警告をきき、これ以上は無理をせず引き返すことにした。そこから、伝兵衛の案内で、女川の山へ足を踏み入れた。

発破《はっぱ》をかけて崩した崖の近くに、焼き打ちされた集落の跡があった。

伝兵衛の話では、その集落には、十数世帯の住民が暮らしていたという。

そこにも藩兵の屯所があり、女川の山奥への道を閉鎖していた。

こちらでは、藩兵たちの警備の下、大勢の人足たちが鍬や鶴嘴《つるはし》を振るい、運河造りに精を出していた。

人足たちは、見るからに荒くれ者や無頼の者たちばかりで、文史郎たちの中にお篠がいるのを見付けると、作業を中断して、口笛を吹いたり、卑猥《ひわい》な言葉を投げつけた。

人足頭が飛んで来て、人足を怒鳴りつけ、ようやく騒ぎが収まった。

藩兵たちの隊長は、苦笑いしながら、女川の飯場も、いつ何時、村人たちが襲って来るか分からないので、奥地へは行かない方がいい、といった。

先日も、運河の掘削作業をしていた人足たちが、大勢の山族たちに襲われ、死傷者を出した。そのため、人足たちの山族への復讐心や憎しみが募り、気が立っているという。

藩兵たちは、夕暮れが近くなるにつれ、山族の夜襲を警戒して、篝火や焚火の用意をしていた。

「殿、これは、まるで戦場でございますな」

左衛門が頭を振りながらいった。

「ううむ」

文史郎は唸った。

すでに大勢の犠牲者が出ているのが分かった。

ここまで地元の住民たちの反対を力で押し切っても進めるべき開墾事業なのだろうか？

「ここを追われた女子供やお年寄りは、どうなさっておられるのでしょうね」

お篠も愕然とした顔で、焼き打ちされた村の跡を眺めていた。

土居村の井佐衛門家に戻ったときは、山際を真っ赤に染めていた残照も消え、とっぷりと日が暮れていた。

井佐衛門の家の庭には、篝火が焚かれ、母屋が妙に騒ついていた。
「お嬢様たちがお帰りになったぞ」
文史郎たちの馬が庭に入るのを見た下男が慌てて母屋に走り込んだ。
入れ替わって、下女の老婆が家から飛び出して来た。
「お篠様、お父様の容体が急変なさって……御危篤《きとく》に」
「なに、危篤になられた？」
お篠は馬から飛び降りた。
お篠は急いで母屋へ走り込んだ。
文史郎と左衛門も下馬して、お篠のあとを追った。
母屋の居間には、大勢の村人たちが詰めかけていた。
奥の寝室から祈禱の声がきこえた。
病床の井佐衛門の前で、神職姿の男が大声で祝詞を唱え、大麻《おおぬさ》でお祓いをしていた。
白衣に赤い袴姿の巫女《みこ》が二人控えている。
祖母の豊をはじめ、家人、親族が大勢詰めかけている。
お篠は家に上がり、家人たちを掻き分けて、寝床の井佐衛門の前にしゃがみ込んだ。
文史郎は傍の伝兵衛にいった。

「医者は呼んだのか？」

「城下まで行かねば、医者はいねえ。村じゃあ、神主さんか祈禱師を呼んで、お祓いしてもらい、病の悪霊を追い出すのが一番いい治療法なんだ」

「薬はないのか？」

「胸の病に効くっていう薬草を煎じて飲ませていたんだけど、ほんとに効いているかどうか、分かんねえだ」

祈禱で病が治ればいいが。

文史郎は居間に座り、祈禱の様子を見守った。左衛門も隣室の様子を見つめていた。

現地の信濃秋山に来て、おぼろげながらも事件の原因が分かったような気がした。

大越屋太平治や本田助顕の開墾事業の目的や目論見《もくろみ》と、現場の実態は大きく外れている。

問題なのは、地元の住民を無視した強引極まる開墾のやり方だった。

開墾事業が行なわれた結果、人足や藩兵たちに親兄弟や家族を殺されたり、山を追われた山族土蜘蛛一族が、施工者の信濃秋山藩や大越屋に怒るのはもっともなことだった。

信濃秋山藩や大越屋が住民の反対の声に耳を傾けず、武力で抑え込み、強引な手段で開墾事業を行なうなら、土蜘蛛一族ならずとも、開墾事業を止めさせるために、あらゆる手段を使って抵抗するだろう。

左衛門も、深刻な顔で考え込んでいる。

おそらく、左衛門も自分と同じ思いになっているに違いない。

文史郎は出された茶を啜った。

ようやく祝詞とお祓いが終わった。

お篠に伴われた神主と巫女たちが静々と居間に引き揚げて来た。

文史郎と左衛門は居住まいを正し、神主に頭を下げた。

神主は文史郎を一目見るなり、「おお」と叫び、その場に平伏した。

文史郎は戸惑い、左衛門と顔を見合わせた。

「いかがなされました？　祭田様」

お篠が驚いて尋ねた。

神主は口をぱくぱくさせた。

「……お告げ通りだ。お篠殿、お告げ通りに救世主の君が御出でになられた」

神主は文史郎に祝詞をいいながら、平身低頭した。

救世主の君？

文史郎は背後に誰か居るのか、と後ろを振り向いた。だが、誰も居ない。

「アブランケンソワカ……」

神主は文史郎に祝詞をいい、お辞儀をくりかえした。やがて、神主は顔を上げた。

「こちらの方は？」

「相談人の文史郎様です」お篠が告げた。

「……お殿様ではござらぬのか？」

「いまは隠居の身だ」

傍らの左衛門がいった。

「かつて、那須川藩藩主、若月丹波守清胤にござった」

「やはり。この地をお救いに御出でになられた君に違いない」

「どのようなお告げでした？」

お篠が訊いた。

「ある日、白馬に乗られた救世主の君が東国より現れ、この地の者たちをお救いになられよう、というお告げだ」

文史郎は困惑した。

「それがし、白馬には乗っておらなんだが」

「殿は芦毛《あしげ》の馬でした」

左衛門が脇から付け加えた。

お篠がうれしそうにうなずいた。

「芦毛馬なら白馬に見えましょう」

文史郎は戸惑った。お篠が乗っている馬も芦毛だ。二人とも白馬に乗っていることになる。

「お篠、こちらの神主殿は、どなたかな？」

「白山神社の宮司の祭田祥嗣様にございです」

祭田祥嗣は開墾事業が和合ヶ原や祇園山といった神聖な地を汚がし、そこに棲んでいる神々の怒りを買うのではないか、という危惧を告げていた神職だった。

文史郎は訊いた。

「祭田殿、いかなお告げでござろうか？」

「数日前、私の夢枕に大日如来《だいにちにょらい》様がお立ちになられ、祥嗣よ、心配いたすな、東国より白馬に乗った救世主の君が現れ、呪われたこの地の乱を鎮《しず》めてくれようぞ、と申されたのでござる」

「ほほう」背筋がぞくぞくした。

「その白馬の君こそ、貴殿に相違ない。いやあ、ありがたいことだ」

祭田祥嗣はほっと安堵の顔になった。文史郎は手を振って否定した。

「それがし、おぬしのいうような救世主にあらず。ただの相談人に過ぎぬ。祭田祥嗣殿、誤解めされるな」

「いや、御謙遜を」

祭田は周りの家人や一族郎党を振り向いた。

「皆の衆、この御方こそ、大日如来様が、この地に差し向けてくださった救世主、白馬の君でござるぞ」

「おう、救世主様」

家人や一族郎党が、その場にしゃがみ込んだ。

祭田は文史郎に向き直った。

「救世主の御君、なにとぞ、神々のお怒りを鎮め、この地に以前のような和に満ちた生活にお戻しくださいますよう、お願い申し上げます」

祭田祥嗣は文史郎の前に平伏した。

「お願いいたします」

後ろに控えた家人、親族たち一同が一斉に文史郎に平伏した。

傍らのお篠までが頭を下げた。

お篠は顔を上げた。笑みもなく、顔に悲愴な色が表れていた。

「それがし、荒れ果てた古里の惨状を目《ま》のあたりにし、考えをあらためました。それがし、江戸に戻らず、父井佐衛門の意思を継いで、土居一族を率い、藩と大越屋が推し進める開墾事業をなんとしてもやめさせたい、と思います」

お篠は男言葉を使っていた。弥生も何ごとか決心すると男言葉になる。そんなときの女は恐い。

「文史郎様、いや白馬の君様、どうか、それがしたちにお力をお貸しくださいませ。お願いいたします」

文史郎は左衛門と顔を見合わせた。

弱ったな、と文史郎は思った。

実際に現地を巡って見た限り、明らかに非は開墾事業を強引に進める藩と大越屋にある。住んでいる土地を追われる現地の住民たちには非がない。

お篠が、この地に踏み留まる以上、お篠を守るという約束を果たすには、この地を離れるわけにはいかない。

しかし、もしお篠を助けて、藩と対立することになれば、お篠の警護を依頼して来た藩主の本田助顕とも敵対することになる。

いったい、いかなることになるというのだ？

左衛門はため息混じりにいった。

「殿、こうなったら、お篠様を助けて、やるだけやるしかありますまい。そのうち道が開けましょう」

左衛門は珍しく、先を見通さぬ、いい加減な返事をした。

文史郎はお篠にいった。

「分かった。お篠殿、このまま、おぬしを見捨て、江戸へ逃げ帰ることもできぬ。わしらも残って、なんとか、この地の和を取り戻すように努《つと》めよう」

「ありがたき幸せ。文史郎様、よろしうお願いいたします」

お篠は頭を下げた。

祭田は家人や一族郎党にいった。

「皆の衆、喜べ、救世主の君が、お篠様や我らにお力を貸してくださるとおっしゃられたぞ。御礼申し上げよう」

「おう、ありがたいことだ」

「ありがとうございます」

みんなは口々にいい、文史郎に平伏した。

二

その夜、文史郎と左衛門は久しぶりに湯に浸かり、旅の汗を流した。

湯上がりのあと、家人の心尽くしの温かい夕餉《ゆうげ》を頂いた。

一時危篤になった井佐衛門は、祭田祥嗣のお祓いの甲斐あってか、いまは容体は持ち直し、小康状態になった。

お篠は母親といっしょに、井佐衛門に付きっきりで看病している。

文史郎と左衛門は、客間で旅の疲れを癒した。

その場の話の流れから、ついつい新たな依頼を引き受けてしまったが、いったい、何をしたらいいものか。

それにしても、と文史郎は思った。

藩と大越屋は、なぜ、強引過ぎる開墾事業を始めたのか？

地元民の合意なしに山を焼き払ったり、発破をかけて崖を崩したりすれば、地元民から反対の声が上がるのは分かっていたことではないのか？

そもそも開墾事業や灌漑事業は、地元民の理解と協力なしには行なえないものだ。反対の声に耳を貸さず、武力で民意を封じ込めようとすれば、必ず強い反発が起こる。

大越屋は藩の開墾事業で金儲けをしようとする立場だから、強引過ぎるやり方はできるだけ避けたいと思うはずだ。

しかも、大越屋がいかに浪人者や荒くれ者を雇っても、藩の反対を押し切って、地元民と衝突するようなことはできまい。

問題は、藩の執政だ。

執政の誰かが、大越屋の反対をも押し切って、開墾事業を強引に推し進めようとしているのだ。

なぜ、藩は開墾事業や灌漑事業を急ぐのか？

地元民と衝突するのが分かっていながら、藩が事業を強行しようとするには、何か訳があるはずだ。

そうせざるを得ないほど、藩の財政が窮乏し、逼迫《ひっぱく》しているということか？

地元民との衝突にもきっかけがあるはずだ。

そもそも、いったい何が発端だったのか？

文史郎は左衛門に向いた。

「爺、我らは大越屋太平治からの依頼も受けている。こちらに出向いている大越屋の番頭に会おう。話はそれからだ」

「殿、爺も同じことを考えていました。では、さっそく明日、大越屋の出店を訪ねることにしましょう」

左衛門もうなずいた。

廊下を走る気配があった。障子戸の前で足音が止まった。女中の声がきこえた。

「相談人様、大旦那様が、ぜひに、お話ししたいと申しております。寝所にお越し願えませんでしょうか?」

「分かった。すぐに参ろう」

文史郎は左衛門に目配せして立ち上がった。


井佐衛門は病にもかかわらず、重ねた蒲団を背に、半身を起こしていた。

左右にお篠と美穂が座り、井佐衛門を支えていた。

行灯の仄かな明かりが井佐衛門の顔に深い陰影を作っていた。

だが、井佐衛門は血色は悪いものの、いつになく元気があった。いまわの際に、どうしても言い遺したいという気迫を感じた。

　文史郎と左衛門は井佐衛門の前に座った。

　井佐衛門は声をふり絞るように話し出した。

「相談人様、これから申し上げまする話は、当のお篠にも話していないことでございます」

　井佐衛門はお篠に顔を向けた。

「これまでおまえに黙っていたのは、おまえのためを思ってのこと。許しておくれ」

「お父様、何をおっしゃいますか」

　お篠は涙ぐんだ。

「実は、お篠はわしと美穂の娘ではありません。お篠は美穂の妹美樹《みき》の子なのです」

「…………」

　お篠は衝撃を受けた様子だった。美穂が涙声でいった。

「お篠、御免なさいね。これまで黙っていたのには深い訳があるのです」

「訳を申せば、我が土居一族のご先祖様にまで遡《さかのぼ》らねばならないのです」

　井佐衛門は、息絶え絶えに話し出した。

　土居一族は、先祖代々、秋山郷の鳥甲山《ちょうこうざん》の北麓の深い谷間の奥に棲んでいた山族だった。

大昔に遡れば、平家の落ち武者が、この地に棲む山族の娘と結ばれ、その血族の子孫がいまの土居一族となった。

土居一族は、いつのころからか、山の隠れ里に残る本家と、谷から盆地の里に出た分家に分かれ、別々の道を進むようになった。

山に残った者は、狩猟に生き、山野を駆け巡る山岳武闘に長《た》けた山族として代を重ねた。

一方、山族と袂を分かった者たちは、平地の里に溶け込み、郷士として農耕に勤《いそ》しみ、大きく繁栄するとともに、いまのような地位と富を築いた。

山族の土居本家と里の土居分家とは、もともと根は同じ血族なので、密かに細々とだが、絆は保っていた。

土居家以外の里人たちは、山奥の隠れ里で生活している狩猟を糧とする異形《いぎよう》な山族を恐れ、いつしか、彼らを「土蜘蛛」と呼ぶようになった。

「土蜘蛛」は、怖れての尊称であると同時にその裏返しの蔑称でもあった。

山族の土居族の多くが、自然にできた洞窟や洞穴に住んでいたためだ。

山族の土居族は、代々、本家となり、猪右衛門《いえもん》を族長としていた。

一方、里の土居分家は、代々、井佐衛門の名を継ぐ家長を頭《かしら》にして代を重ねて来た。

山族の土居一族は、奥深い山中の閉鎖的な隠れ里で、ひっそりと生きていたため、近親婚が多かった。そのため、白子が生まれたり、身体障害者が生まれたりの、近親婚特有の弊害があった。

そのため、土居一族は山奥に迷い込んだ武士や農夫を拉致《らち》したり、誘拐し、土居家の娘たちと婚姻させ、一族に新しい血を入れた。

それが叶わぬときには、何年かごとに、山の土居本家に生まれた子と、里の土居分家に生まれた子を交換したりして、新しい血を入れる工夫をし、それを土居家代々のしきたりとして来た。

お篠は、そのしきたりに基づき、赤子のときに土居本家から分家の井佐衛門に引き取られた子だった。

産みの親は美穂の実の妹美樹で、土居井佐衛門の仲立ちで、山の土居本家の長老猪右衛門の次男剣次郎《けんじろう》に嫁いだのだった。

先に美穂の産んだ男子が、本家の別の家族に届けられており、お篠はその見返りだった。

井佐衛門と美穂は、他家に譲ってしまった我が子の代わりに、お篠を我が子として愛情を注いで、今日まで育てた上げた。

井佐衛門は苦しそうに息をつぎながらも、話を続けた。

「一族のしきたりとはいえ、お篠にそのことを知らせずに来たのは、済まないと思っている。わしたちを許してくれ」

「何を申されますか、お父様。お篠にとって、お父様もお母様も、いままで通り、私のほんとうのお父様お母様に変わりはありませぬ」

お篠は涙声でいった。

美穂はお篠の手を握った。

「よくぞ、いってくれました。お篠、ありがとう」

井佐衛門はお篠と美穂を見ていたが、やがて、文史郎に向いた。

「そこで、相談人様、お話したいのは、お篠の実の父親である剣次郎についてです」

「ほう。どのようなことですか？」

「剣次郎は本家の中でも、無類の武芸達者で、いまは本家の長老猪右衛門に反抗し、若衆を連れて本家を割って出てしまったのです」

「ふうむ。割って出たとは、どういうことですかな？」

「土居本家は、このたびの信濃秋山藩の開墾事業に対し、反対しつつも、我ら分家も交えて、藩と折り合う点はないか、と藩と交渉を重ねていたのでござる。ところが、剣次郎は、藩要路や、その陰で糸を引く大越屋を敵として、勝手に戦を仕掛け、実力で開墾を阻止すべしと主張したのです」

「なるほど。さもありなんと思いますな」

「わしも血気盛んな剣次郎たちの逸《はや》る気持ちは分かります。だが、戦はまずい。戦になれば、里のすべての人々を巻き込み、家々は焼かれ、女子供、老人が犠牲になりましょう。話し合いで、お互い譲れるところを譲り合えば、開墾事業を最小限にすることができれば、双方が痛み分けすることで穏やかに収めることができましょう。それが剣次郎たちには分からないのです。年寄りの浅知恵だと嘲《あざけ》り、弱腰をなじる」

「よくあることですな」

　文史郎はうなずいた。

「剣次郎は剣において、己よりも強い者はいない、と自信過剰なのです。剣次郎は山で修行し、谺一刀流なる剣法を開いた」

「なるほど、谺一刀斎は、剣次郎のことでござったのか？」

「さすが相談人様、御存知でしたか」

「存じております。谺一刀斎は、江戸で藩の要路で指南役だった曲田兵衛を闇討ちし、斬死させた」

「……そのようなことをしましたか」

井佐衛門は悲しげにため息をついた。

「そうなのです。剣次郎は、あろうことか、手下たちに命じて、男川の山谷を焼き払う暴挙を行なったのです」

「なに、山谷の森に火を付けたのは、一刀斎たちだったのでござるか？」

文史郎は思わず、左衛門と顔を見合わせた。

「なぜ、そのようなことを？」

「藩との戦に、本家を踏み切らせるためです。不意を突かれた本家一族は大勢の家族が焼け出され、焼死者まで出した。怒った本家の若者たちは、藩の仕業だと思い、復讐のため、普請小屋や飯場を焼き打ちした」

「ううむ。一刀斎の思惑通りの戦になったわけですな」

「しかし、分家のわしたちは変だなと思った。なぜならば、交渉相手だった藩要路も寝耳に水だとし、誰が火を付けたのか、と大慌てだったのです」

「なるほど」

「はじめは、わしたちも、そうとは思わずにいました。藩の要路や大越屋の番頭を詰《なじ》ったのです。というのは、藩も大越屋も、伐採の手間を省くために、山を焼こうといっていたからです。それをわしたちの事前の了解も取らずにやったのか、と思ったからでした」

「ううむ」文史郎は腕組をした。

「剣次郎たちは、それだけでなく、女川の灌漑事業の飯場や普請小屋も焼き打ちし、藩兵や人足を殺した。これで、山の本家一族と藩は戦になってしまった」

「里の分家は、どうされたのです？」

「家人たちの中には、本家に同調し、分家から離れて山の本家に合流する者も、少なからずありました。ですが、わしたちは動かなかった。正直いって動けなかったのです」

「動けなかったというのは？」

「もし、わしたちが一揆に立てば、今度は無防備な土居村が、復讐心に燃える藩兵や人足たちに襲われるでしょう。わしは村長《むらおさ》として、そうした事態は避けたい。土居一族とは関係のない村人たちも大勢います。そういう無辜《むこ》の民を戦に巻き込むわけにはいかないのです」

「おっしゃる通り、無用な戦はしてはいけません。戦わないのも勇気がいることです」

文史郎は井佐衛門の決断を誉め称えた。

左衛門が静かに尋ねた。

「どうして、一刀斎たちの仕業だと分かったのでござる？」

「剣次郎にそそのかされて、山に火を付けたものの、そのために自分の家族を焼死させてしまった若者が泣きながら、分家のわしに訴えて来たのです。それで、わしたちは剣次郎が仕組んだと分かった」

「なるほど。本家の猪右衛門殿は、剣次郎たちのやり方を容認したのでござるか？」

「いや、怒った猪右衛門は剣次郎たちを本家から追放しました。それで、剣次郎は江戸へ行ったときいている」

「江戸では、剣次郎こと谺一刀斎は藩の侍頭曲田兵衛を暗殺し、さらには大越屋や財前屋などに開墾事業から手を引けと脅迫していた」

井佐衛門はうなずいた。

「それもこれも、剣次郎の背後に黒幕がいて、剣次郎は、その黒幕の指示で、土居一族郎党を戦に駆り立てているのです」

「黒幕ですと？」

文史郎は左衛門と顔を見合わせた。

開墾事業をめぐり、藩と土居一族を戦わせて、いったい、誰が得をするというのか？

「戦を煽《あお》る黒幕というのは、いったい、誰なのでござるか？」

井佐衛門はうなずいた。

「それが何者かが分からないのです」

「なぜ、黒幕がいると思われるのか？」

「剣次郎が、時折、その黒幕や、その使いの者と密かに会っているらしいのです」

「では、その黒幕は在所にいるのですな」

「おそらく。相談人様にお願いしたいのは、ぜひとも、その黒幕の正体を暴き、成敗していただきたいのです。そして、無用な戦を止めてほしいのです」

「なるほど。しかし、その黒幕が誰かを知る手がかりがなければ、それがしたちも動きようがない」

「本家の頭領猪右衛門は知っているかと思います。あるいは、知らずとも、何か摑んでいることでしょう」

「なぜ、そう思われるのです？」

「しばらく前に猪右衛門は、分家のわしに、密かに使いを寄越し、剣次郎が誰のところに出入りしていたのか、と尋ねて参ったことがある。あれから、だいぶ日が経っているので、きっと、猪右衛門は配下に調べさせ、黒幕が誰かを摑んでいるのではないか、と思います」

「猪右衛門殿は、それがしが訪ねて行っても、すぐに会ってくれますかな?」

井佐衛門は大義そうに美穂を見、「あれを持って参れ」といった。

「はい。ただいま」

美穂は立ち上がり、廊下に消えた。

お篠が思い切ったように口を開いた。

「お父様、篠が文史郎様といっしょに本家をお訪ねすれば、祖父猪右衛門様は、会ってくれるのでは?」

「お篠は行ってはいかん」

「なぜでございます?」

「本家一族は、お篠が剣次郎の娘だということを知っておるからだ。本家の若い者たちの中には、剣次郎のおかげで、家族を殺された恨みを持っている者もいる。剣次郎の娘だと知ったら、何をされるか、分からない……」

「でも、お父様、戦を収めるためには、どうしても、剣次郎の背後の黒幕を退治せねばなりませんでしょう？　それを知るには、祖父に会わねば。ぜひとも、私に行かせてください」

「だめだ。わしの目が黒いうちは、どうあっても行ってはいかん。わしが許さぬ」

「どうしても、だめですか？」

　お篠は肩を落とした。

「そのために、こうして相談人様にお願いいたしておる」

　美穂が何かを手に廊下から戻って来た。

「はい。これですね。あなた」

　美穂は井佐衛門に小さな包みを渡そうとした。井佐衛門は顎で文史郎を差し、手渡すようにいった。

「それは、我が血族の長だけが持っている印。それを持った使いは、わしの信頼を受けた者であることを示します。ぜひ、それを持って、男川の奥地に入り、猪右衛門に会って話をきいてほしいのです」

　文史郎は紙包みを開いた。

　翡翠《ひすい》の勾玉《まがたま》だった。端に穴が開いている。

はず」

「かつては紐で一つに結ばれていたものを解き、同じ血族である証《あかし》として、兄弟姉妹に分け与えたものだ。それを見せれば、あなたを信用し、兄弟のように遇してくれるはず」

「では、確かにお預かりいたす」

文史郎は包みを懐に仕舞った。

「美穂、わしは疲れた……。少し休みたい」

「はい」

井佐衛門は、精も根も使い果たしたかのようにぐったりとして、寝床に横たわった。

「相談人様、なにとぞ黒幕を成敗していただき、里や山に平和を取り戻してくださいますよう、くれぐれもお願いいたします」

「分かりました。誓って黒幕を見付けましょう」

「いま一つ、お篠のことも……」

「分かりました。助顕殿からも頼まれております。お篠殿は、それがしたちがお守りいたします。ご安心のほどを」

「……それをおききして、安心いたしました。……これで、いつお迎えが来ても思い遺すことはない。……」

井佐衛門は目を閉じた。

文史郎は美穂とお篠に頭を下げ、静かに立ち上がった。

左衛門があとに続いた。

三

翌朝、文史郎と左衛門は馬を駆り、和合ヶ原に設けられた普請小屋へと出掛けた。

普請小屋には、信濃秋山藩の普請方が詰めており、大越屋の出店もあるということだった。

芒の原を駆け抜けると、丈の高い柵がめぐらされた普請小屋が見えた。

隣には焼け落ちた小屋の残骸があった。

柵の中には、鎧甲や腹巻を着込んだ数百人の藩兵が待機していた。

馬に乗った騎兵や、鉄砲を持った足軽隊もいる。

「殿、これは戦の用意ではありませんか」

左衛門は馬の手綱を引いて、文史郎の馬に轡を合わせた。

「止まれ止まれ」

番人たちが門から飛び出し、両手を拡げて、文史郎たちの馬を止めた。

「大越屋の出店があるときいた。柵の中に入れてくれぬか」

「貴殿らは何者か？」

番人たちは文史郎と左衛門の身形から、山族ではない、と分かったものの、警戒心は解かなかった。

左衛門が大音声でいった。

「こちらにおられるは、剣客相談人の大館文史郎様。はるばる江戸より訪ねて参った。大越屋の番頭に取り次がれよ」

「剣客相談人？」

「なんだ、それ？」

番人たちは面食らった様子で、互いに顔を見合わせた。

普請小屋から組頭らしい壮年の侍がのっそりと顔を見せた。

「おぬしら、何者だ？」

左衛門は、もう一度、大音声で大越屋の番頭はいないか、とくりかえした。

三棟並んだ棟の一番奥の小屋の戸口から、商人姿の男たちが現れた。

「ああ、相談人様、よくぞ御出でいただきました。ありがたい」

商人姿の男たちが、文史郎たちがいる柵の出入口に、ばたばたと駆けつけた。

「お殿様、大越屋小番頭の久米吉《くめきち》にございます。お殿様のこと、主人よりお伺いいたしております」

久米吉は番人に、この方々は大越屋が依頼した相談人だといい、柵の戸を開けるようにいった。

番人たちは柵の戸を開けた。文史郎と左衛門は馬を柵の内に進めた。

小番頭たちが文史郎たちを迎えて駆け寄った。

「お殿様、たいへんなことになりました」

久米吉は青ざめた顔でいった。

「いったい、いかがいたしたのだ？」

文史郎は馬から降りた。

大越屋の手代たちは、馬の手綱を取り、小屋の前に設えられた手摺りに結び付けた。

「まあ、ともあれ、私どもの小屋の方へ御出でください」

小番頭たちは文史郎と左衛門を小屋へ案内した。

小屋の中では、大越屋の手代たちが、机の前で帳簿を付けたり、算盤《そろばん》を弾いている。

文史郎と左衛門は小屋の奥の部屋に上がった。座るなり、久米吉が訴えた。

「とんでもないことに、邦吉さんの身の代金として運んで来た千両を国境《くにざかい》で、待ち伏せていた強盗団に奪われてしまったのです」

「なに、千両も。怪我人は出たのか?」

「三人ばかり、軽い怪我をしましたが、ほかは全員無事でした」

左衛門が訊いた。

「道中、護衛を雇わなかったのか?」

「国境を越えてからは、藩のお侍が護衛についていただける約束だったのですが、手違いで護衛が間に合わず、強盗団に襲われてしまったのです」

「その強盗団と申すのは?」

「土蜘蛛の一味でした。身の代金千両は一刀斎が確かに頂いた、と旦那様にいえと」

文史郎は左衛門と顔を見合わせた。

井佐衛門がいっていたように、やはり殆一刀斎こと剣次郎たち土蜘蛛一味が故郷に戻っていたのか。

「そもそも、身の代金を渡す相手は誰だったのだ?」

「土居本家の族長猪右衛門様にございます」

「そうか。邦吉は土居本家に囚《とら》われているというのか」

「さようにございます。私たちが身の代金を払えないとなると、邦吉さんの命が危なくなる。相談人様、お願いです。なんとか、邦吉さんを助けていただけませんでしょうか？」

久米吉をはじめとする番頭手代たちは、床に額を擦り付けるようにして懇願した。

文史郎は唸った。

土蜘蛛一族に身の代金も支払わずに、邦吉を取り返すというのは至難の業だ。

左衛門は苦々しくいった。

「身の代金を支払わず、どうやって我らが土蜘蛛一族から邦吉を取り戻せると思われるのか？　しかも、我らは二人しかおらぬのだぞ」

久米吉は頭を左右に振った。

「いや、そういうことではありません。もちろん、身の代金は、また用意します。ただ、猪右衛門様と交渉し、支払いを延ばしていただきたいのです。そのために、いま、江戸の本店へ早飛脚を出してあります。旦那様に大至急、もう千両を用立てていただくよう、お願いしてあります」

「その支払い期限というのは、いつといわれているのだ？」

「本日日没までとのことにございます」

久米吉は懐から書状を取り出した。

文史郎は巻紙を拡げた。

達筆で要求が書き連ねてあった。
一、直ちに開墾を止め、男川、女川から藩兵、人足を撤収すべき候こと。
一、交渉人こと大越屋番頭邦吉の身柄は、確かに預かり候こと。
一、邦吉の身の代金千両を、九月二十日日没前までに、男川の我が村跡地まで届けられたく候こと。さもなくば、邦吉の命はなきものと思うべし。
久米吉は悲しそうに顔をしかめた。

「今日は、その二十日にございます。城代の高浜晋吾様に、身の代金の立て替えをお願いいたしましたところ、断られました。土蜘蛛一族に身の代金など払うことはない、というのです」

「では、どうするというのだ？」

「藩は、これから男川に兵を送り、谷の奥にある土蜘蛛一族の村を急襲する。その際に、邦吉を助け出すから、身の代金など不要というのです」

「それで、この騒ぎなのか？」

文史郎は柵内に待機する鎧を着た藩兵たちを見回した。

「はい。間もなく、城代様が直々《じきじき》に視察に御出でになり、土蜘蛛一族討伐に出発するそうなのです」

「困ったな。ぐずぐずしておれんな」

「殿、いかがいたしましょう？」

「ううむ」

文史郎は腕組して思案した。

藩兵たちがわっと湧いて立ち上がった。

藩兵たちが見ている方角に、一隊の騎馬が現れた。

数騎が砂塵を上げて駆けてくる。

遅れて、そのあとから、三、四百人の徒侍《かち》や足軽たちが隊列を作ってやって来る。

新手《あらて》の弓手隊や鉄砲隊だ。

増援部隊だ。これで千人を越す軍勢になる。

「相談人様、城代家老様たちです」

「こうなったら直談判するしかあるまい」

「直談判でござるか？」

「うむ。城代に会って、戦をしないよう説得する」

「しかし、聞く耳を持っていますかね」

「持たせる」

文史郎は柵の門にやって来る騎馬隊を睨んだ。

「先頭の騎馬武者が城代様です。そして、二番手の大将が御家老笹川満之典様でございます」

傍らの久米吉が囁いた。

藩兵たちは歓声を上げて、城代たちを迎えた。

門の戸が開かれた。

先頭を切って、厳つい顔の城代高浜晋吾が、威風堂々と騎馬で乗り込んできた。野羽織に野袴姿で、頭には饅頭笠を被っている。

ついで家老の笹川満之典の鎧姿が続く。笹川はまだ三十代の若手だった。目付きが鋭く、あたりを睥睨《へいげい》している。

そのあとから、二人、日焼けした精悍な顔の侍が続いた。

「前の騎馬武者が物頭の大鹿《おおが》大吾《だいご》様、後ろが指南役の一人で侍頭の志賀《しが》次郎太《じろうた》様」

久米吉は文史郎に告げた。

大鹿は見るからに堂々たる体格をしており、大門に引けを取らぬ豪傑だった。

志賀次郎太は、一見華奢《きゃしゃ》な体付きの侍だったが、鍛えぬかれた武人の風貌を湛えていた。

四人の後ろの騎馬隊は、護衛の馬廻り組の侍たちだった。

笹川たちは、それぞれ馬を降りると、寄って来た馬丁に愛馬を預け、陣屋である普請小屋に姿を消した。

面会の機会はいましかない。

「久米吉、爺、参るぞ」

文史郎は群がる藩兵たちを掻き分け、陣屋の普請小屋へ歩んだ。

陣屋の出入口にいた警護の侍たちは、いち早く文史郎たちが近付くのに気付き、槍を手に立ち塞がった。

警護の侍が慇懃《いんぎん》無礼《ぶれい》な物腰で訊いた。

「貴殿は、どなた様にござろうか？」

左衛門が文史郎の名と身分を明かした。

久米吉が大越屋の客人であることを告げた。

文史郎は警護の侍に厳《おごそ》かにいった。

「城代高浜晋吾殿にお目にかかりたい、とお取り次ぎ願いたい。城代は、それがしのことを存じておるはず」

「しばし、お待ちを」

警護の侍は文史郎たちを胡散臭《うさんくさ》そうに眺めたあと、陣屋の中に消えた。

「殿、城代は相談人の殿のことを知らないのでは？」

「いや。大越屋太平治のことだ。相談人の我々に警護を頼む話を、きっと城代に相談しているはずだ」

文史郎が思った通りだった。

戻って来た供侍は打って変わって、腰が低くなり、文史郎に頭を下げた。

「相談人様、どうぞ、陣屋へお越しください。城代が、ぜひ、お目にかかりたいと申しております」

「うむ。ご苦労」

文史郎はうなずき、供侍の案内で陣屋へ歩き出した。

普請小屋の板の間には、城代たちが床几に座り、くつろいでいた。

「御免」

文史郎が左衛門を従えて、小屋に足を踏み入れた。

城代の高浜晋吾は立ち上がり、頭を下げて、文史郎を迎えた。

「これはこれは、相談人様、在所までお越しいただき、まことに恐縮にござる。拙者、城代を務めまする高浜晋吾でござる」

高浜は厳つい顔を崩して、愛想笑いをした。

家老の笹川や大鹿、志賀たち要路は、文史郎を何者かと、怪訝な顔をしながらも、城代に見倣い、渋々と文史郎に頭を下げた。

供侍たちは、一斉に頭を下げた。

高浜は供侍に床几を用意するよう命じた。供侍の一人が床几を一基運んで来て、高浜の前に据えた。

「どうぞ。ごゆるりと」

「うむ」

文史郎は床几に座り、城代と向き合った。

傍らに左衛門が控えて座った。背後に、小番頭の久米吉が座り、平伏した。

高浜は、笹川、大鹿、志賀の面々を文史郎に紹介した。

ついで、文史郎が元那須川藩主若月丹波守清胤で、いまは若隠居の身となっていること、江戸の長屋でよろず揉め事を解決する剣客相談人を生業としていること、実兄の松平義睦が大目付であることなどを告げて、みんなに紹介した。

「いま一つ、おのおの方に申し上げておこう。拙者、藩主本田助顕殿とは昵懇《じっこん》の間柄。助顕殿から、ある依頼を受け、こちらに参っておることをご承知いただきたい」

城代の高浜をはじめ、笹川、大鹿、志賀たちの顔に緊張が走った。

高浜が身を乗り出した。

「それは、いかな御依頼でござろうか？」

「それを明かすのは、相談人としての信義にもとること」

笹川が疑いの目を向けた。

「殿から依頼を受けているという証拠は、ござろうな」

「お疑いなら、江戸屋敷に問い合せればよかろう」

笹川は不満げに顔を背けた。

城代の高浜が取り成すようにいった。

「して、陣屋に御出でになられたご用件を伺いたいのでござるが」

「助顕殿の依頼にも関わることでござるが、この開墾事業をめぐっては、陰で地元民と藩、大越屋の間の対立を煽る陰謀工作がなされていることが分かった」

「なんですと？　陰謀工作があると？」

高浜は顔をしかめ、笹川と顔を見合わせた。

「さよう。城代におかれては、その陰謀工作におめおめと乗せられてはいけない、と思い、こうして忠告しようとお訪ねした次第だ」

「どのような陰謀工作でござるか？」

「一例を申し上げれば、山林伐採についての協議が定まらぬうちに、いったい誰が山焼きを行なったのでござるか？」

高浜は答えず、押し黙った。

代わりに家老の笹川がいった。

「あれは、我々のやったことではない。山の土居一族がやったことだ。そして、あろうことか、男川の普請小屋や飯場を不意打ちし、焼き打ちした。そのため藩役人や人足、樵夫多数が殺された。だから、藩として黙視できず、藩兵を派遣し、彼らの村を襲って、報復に焼き打ちをかけ、暴徒を鎮圧した」

「確かに、山の土居一族の一部の跳ね返りが、頭領猪右衛門の命令をきかずに、山に火をかけたという話は、それがしもきいている」

「そうであろう。拙者の話に間違いはない。あやつらが、先に戦をしかけて参ったのだ」

笹川はそれ見たことかと周りを見回した。

「だが、それは、あくまで頭領である猪右衛門の意に反したことだ。猪右衛門は、おぬしたち藩や大越屋と話し合おうとしていた。そうであろう？　城代」

城代はうなずいた。

「さよう。話し合いは続いていた。それが、なぜ、突然に破られたのか、拙者たちは驚いていた。まして、なんの通告もなく、男川の普請小屋や飯場のみならず、女川の普請小屋なども焼き打ちされ、死傷者がたくさん出た。それで我らは彼らが信用できなくなった」

「その跳ね返りは、土居本家のいうことをきかず、あまりに勝手で過激な行動を取るので、頭領は激怒し、彼らを土居一族とは無縁な輩として追放した」

「その土居一族を追い出された輩は、何者なのだ？」

「おぬしの藩の指南役曲田兵衛を闇討ちした谺一刀斎率いる土蜘蛛一味。大越屋に、開墾事業から手を引けと脅迫状を送り付けた輩だ」

「……谺一刀斎の名は存じておる。相談人様たちは、大越屋の警護も引き受けているときいたが」

「その通りだ。江戸にいる仲間の相談人が大越屋太平治を警護している。その土蜘蛛一味は、筆頭家老小峰主水丞や財前屋駒五郎にも、同様の脅迫状を送り付けている」

「ほんとうでござるか？　妙だな」

高浜は顎を撫でた。

「何が妙だと？」

「いや。なんでもない」

高浜は慌てて頭を左右に振った。

文史郎は続けた。

「それから、土蜘蛛一味の仕業か否かまだ分からぬのだが、助頭殿の身辺にも、危険が及んでいる」

「殿のお命が狙われていると申されるか？」

「うむ。もしかして、お世継ぎをめぐる争いが再燃するやもしれぬ」

左衛門がこほんと咳をした。

文史郎は左衛門にうなずいた。

高浜は執拗だった。

「相談人様が受けた殿の依頼というのは、そのお世継ぎにからむことか？」

「ははは。これ以上は、それがし、口が裂けてもいうわけにはいかぬ。ご容赦願いたい」

文史郎は危うく話しかけて苦笑いした。

「陰謀工作は、根が深いと思われる。単に開墾事業をやめさせる、やめさせないという争いだけでなく、藩全体に深くかかわる絡みがあると、それがしは見ているのだ」

「なるほど。そんなに根が深い陰謀でござるか」

城代は腕組をし考え込んだ。

笹川は憤然としていった。

「いまとなっては、土居一族から分裂した跳ね返りだろうがなかろうが、もはや土居一族は土居一族。我らは区別はしない。所詮、土蜘蛛は土蜘蛛。この際、我らは徹底的に土蜘蛛たちを撲滅し、この地から一掃したい」

文史郎は笑いながら、笹川に向いた。

「待て、御家老。そうおぬしを熱《いき》り立たせるのが、誰かの狙いだったら、いかがいたすのだ？」

「誰かの狙いだと？」

笹川は高浜と顔を見合わせた。

「さよう。この事件の背後には、黒幕がいる。黒幕が、谺一刀斎ら土蜘蛛一味を使って、土居一族と、藩や大越屋との間に楔《くさび》を打ち込み、修復不能な対立を作ろうとしている。そういう陰謀だと、それがしは考えている」

文史郎の言葉に、左衛門も大きくうなずいた。

城代は訝った。

「誰が、なんのために、そのような陰謀をめぐらすというのか？」

「いま、それを、それがしたちが調べているところだ。だから、城代、戦を仕掛けること、しばらく止めてくれないか？　みすみす誰かの陰謀にひっかかれば、藩の存亡をかけることになる。助顕殿も、危惧していることだ」

「なんと、土蜘蛛退治の戦を止めろと申されるか？」

笹川がまた熱り立った。

城代は笹川を手で制した。

「待て。そう焦るな、笹川。相談人様の話を、もっときこう」

高浜は文史郎に向き直った。

「その陰謀をめぐらす者について分かるのか？」

「分かる。それには、それがしたちが、山奥の土居一族の隠れ里に乗り込み、猪右衛門と直《じか》に会い、谺一刀斎たちが誰のために動いているのかを尋ねたいのだ」

「猪右衛門は、黒幕を知っていると申すのか？」

「知っている。そのためにも、今日、戦を仕掛けるのは止めてほしい」

「ううむ」

高浜晋吾は唸った。迷っていた。

文史郎は駄目押しをした。

「それから、もう一つ。直《じか》に猪右衛門と交渉し、大越屋の番頭邦吉について、今夕が期限となっている身の代金の支払いを、先に延ばす交渉をしたい」

「そのようなことができるのか？」

「できる。久米吉たちが運んで来た身の代金の千両を横から奪ったのは、谺一刀斎たちと分かっている。期限まで身の代金を用意できない事情も猪右衛門は責任を感じているはず」

「ううむ」

「ただし、これには条件がある。おぬしたちが藩兵を動かさず、相手を刺激しないことが絶対に必要だ。少しでも兵を動かせば、彼らは邦吉を処刑しかねない」

「分かった。これから軍議を開く。しばし、お待ちくだされ」

「うむ。外で待とう」

文史郎は左衛門に目配せし、小屋の外に出た。

柵の中では、藩兵たちが戦の準備に余念がなかった。

戦になるか、止めることができるか。

久米吉が心配顔で尋ねた。

「相談人様、戦になりますかね」

「城代の高浜の決心次第でございますな」

左衛門は小声でいった。

「藩兵の指揮を執っているのは、あの家老の笹川ですから。あの男を説得できるかどうかですな。笹川は、見るからに戦がしたくてうずうずしている。今度の戦で手柄を挙げたいと思っていますからな」

左衛門は頭を振った。

四

文史郎と左衛門は馬を飛ばして、土居村の井佐衛門宅に戻った。

城代の高浜の返答は、三日間は藩兵を動かさないというものだった。

その間に、文史郎が戦を煽る黒幕を調べ出せねば、土居一族への戦を開始する、というのが軍議の決定だった。

城代の高浜は、即時討伐を主張する笹川満之典たちを宥めたものの、三日間の猶予《ゆうよ》を作るのが精一杯だったらしい。

猶予は三日間。

男川の奥地へ足を踏み入れるには、土居一族に詳しい道案内がほしい。そうした道案内人には伝兵衛しか思い当たらない。

土居井佐衛門の家の門をくぐり、庭へ馬を駆け込ませた。

文史郎たちの到着を見た下女が家の中に駆け込んだ。入れ替わるように、美穂が母屋から走り出た。血相を変えている。

「相談人様！……」

文史郎は馬から飛び降りた。

「どうなされた？」

「お篠が一人で出掛けてしまいました」

「なに？　どこへ？」

「お篠は男川の奥へ、猪右衛門様を訪ねると言い残して」

「ううむ。一人で行ったというのか？」

　文史郎は左衛門と顔を見合わせた。

「はい。せめて相談人様たちがお帰りになるのを待ってから、と私たちが止めたのですが、大丈夫と申して出掛けたのです」

「いつ発った？」

「相談人様たちがお出になってすぐです」

「早朝ですな。馬で発ちましたか？」

「はい。馬を走らせて」

　芦毛の馬に乗ってお篠は出掛けたのだろう。

　左衛門がうなずいた。

「殿、馬でなら追いつくでしょう」

「それがしたちもあとを追おう。それにしても、奥地への道案内がほしい。伝兵衛をお借りしたい」

「分かりました。土居一族の伝兵衛なら山に詳しい。さっそく呼びましょう」

　美穂はうなずき、母屋の方を振り向いた。

「誰か、すぐに伝兵衛さんを呼びに行ってください！」

「へーい、奥様」

どこからか下男の返事がきこえた。

下男が母屋を飛び出し、どこかへ駆けていった。

「ご主人井佐衛門殿の容体は、いかがかな？」

「あれから、ずっと静かに眠っております」

「うむ。それはなにより」

文史郎はうなずいた。

井佐衛門は気がかりだったことを、自分たちに話し、少し安心したに違いない。

「ところで、お篠は出掛けるときに、わしらに何か言い残されませんでしたかな？」

「申し訳ない、と。お篠は、実の父が劔一刀斎であると分かって、衝撃を受けたらしいのです。実の娘の自分しか、一刀斎を止めることができないと思ったらしい。

そうではない、あなたは私たちの娘といったのですが、聞く耳を持たなかった」

美穂は悲しげに顔を伏せた。

「美穂殿の妹美樹殿は、いまも土居本家におられるのでしょうな」

「……剣次郎殿が土居本家に反旗を翻したときに、美樹は自害したときました」

「なんと。御自害されたのか」

文史郎は頭を振った。

「はい。美樹は夫剣次郎が本家の猪右衛門様に背いたことを、夫に代わってお詫びしたいとして死んだのです」

左衛門が訊いた。

「お篠殿は生母の美樹殿の自害を知っておられるのか？」

「存じております。私が話してきかせましたから」

美穂は顔を伏せたままいった。

文史郎は腕組をした。

お篠は責任を感じ、実父一刀斎に戦いを挑み、倒すつもりなのだ。

まずい。

なんとしても、そんな親子対決はさせたくない。

ばたばたと走る足音がきこえた。

伝兵衛が下男といっしょに走って来るのが見えた。伝兵衛は話をきいて、山へ入る支度をして来ていた。

伝兵衛は美穂に一礼し、文史郎にいった。

「相談人様、いつでもご案内しますだ」

「さっそくだが、お篠は一人で山へ入った。あとを追いたい」

「分かったですだ。すぐに案内すべえ。ちっとばっか、きつい山路ですが、奥の隠れ里への近道を知っているだ」

「お篠に追いつけるか？」

「お篠様は、土居山族の娘。餓鬼のころから、山野を走り回っていますだ。山に慣れてっから、どうだべか。追いつけるかどうか、分かんねえ」

「さっそくだが、出立しよう」

「相談人様、少々、お待ちください」

美穂が文史郎を止めた。

「山へ入るなら、お祓いをせねばいけません」

「お祓い？」

文史郎は左衛門と顔を見合わせた。

伝兵衛が笑いながらいった。

「山の神さんへの挨拶だあ」

美穂は下女や下男に何ごとかを命じた。

下女と下男は急いで母屋に走り戻った。

美穂は真剣な顔でいった。

「山行のご用意をせねばなりません。しばしお待ちを」

すぐに下男が榊《さかき》の枝を手に戻った。

美穂は文史郎と左衛門、伝兵衛の前に立ち、祝詞を唱えながら、榊の枝を払い、身を浄《きよ》め、山の神の怒りを受けないように祈願した。

文史郎たちは神妙な顔で美穂のお祓いを受けた。

やがて、下女が竹筒の水筒やら、竹の皮に包んだ握り飯やらを運んで来た。

「さあ、これらをお持ちください」

「かたじけない」

文史郎、左衛門は美穂に感謝し、馬にひらりと飛び乗った。

「くれぐれも、我が娘のお篠のこと、お願いいたします」

「力を尽くして、お篠をお守りします」

文史郎はうなずき、馬の脇腹を足でけった。

馬はいななき、庭先から門を抜け、通りに走り出た。続いて左衛門の馬が門から飛び出した。

馬たちの前を、伝兵衛がまるで飛ぶように駆けて行く。

五

伝兵衛は野生の猿か羚羊《かもしか》のように、山の急斜面の藪道を進んで行った。時折、岩の上で立ち止まっては、あたりを警戒し、馬に乗った文史郎と左衛門を待っていた。

馬も四足、鹿も四足。

鹿が登れるところは、馬も登れるはずなのだが、背に文史郎や左衛門を乗せているので、馬たちも難儀していた。ときどき足を踏み外したり、滑らせている。

文史郎と左衛門は、あまり急な斜面では馬から降りて、馬を自由に歩かせ、手綱で引かせた。

いくつもの斜面を乗り越え、細い尾根の藪道を進んだ。突然、人の通る山路に出たかと思うと、見覚えのある普請小屋や飯場の焼け跡に出ていた。

そこから先には焼け爛れた山の斜面が見える。

「用心しなせえ」

伝兵衛は立ち止まり、あたりの気配を窺っている。

「おかしいぞ」

文史郎は左衛門に囁いた。

屯所の掘っ立て小屋は人気《ひとけ》なく、静まり返っている。前に来たときには、藩兵たちが現れた。

「相談人様」

伝兵衛は掘っ立て小屋の脇の径を指差した。

そこに藩兵が二人転がっていた。

文史郎と左衛門は、馬を屯所にまで進め、馬の鞍に据えた刀を手に馬から降りた。

二人の藩兵は絶命していた。一人は真っ向袈裟懸けに、もう一人は鎧の腹巻の上から斬られていた。

左衛門は小屋の中を覗き、口元を抑えた。

「殿、こちらにも三人が斬殺されています。いずれも男」

足許の焼けた草地には、大勢の足跡があった。

文史郎は小屋の戸口から中を覗いた。

隊長らしい侍が朱に染まって倒れていた。

ちょうど食事をしているときに、何者かに襲われたらしい。隊長は茶碗の飯を食そうとしていたところを刺殺されていた。たくわんの切れ端が土間に転がっていた。

「まさか、お篠はおらぬだろうな?」

文史郎は伝兵衛に訊いた。

「いねえ」伝兵衛は頭を振った。

「おりませんな」

左衛門も頭を振った。伝兵衛が真顔でいった。

「相談人の旦那たち、急ぐべ。なんか、お篠様が心配になってきただ」

「よし。伝兵衛、隠れ里まで案内してくれ。先回りしたい」

「へい。合点だ」

文史郎と左衛門は馬に跨がった。

伝兵衛は焼け払われた斜面を、身軽に駆け登って行く。

文史郎たちは馬を駆って、あとを追った。

焼けた山の斜面には、燃えた立ち木が黒い墓標となって林立している。文史郎たちはその燃え残った立ち木の間を縫いながら、斜面を登った。

尾根まで登ると、深い谷間に降りる。その斜面も木々が焼け落ちていた。

伝兵衛は先に立って斜面の道を駆け降りた。

文史郎たちがあとに続いた。

やがて道は谷間に入った。伝兵衛が立ち止まった。そこにはかつて人が住んでいたことを窺わせる広場があった。

その広場の周囲には、焼けた建物の残骸が何軒も並んでいた。

「旦那、ここが土居一族が住んでいた村の跡だ。すっかり焼け落ちてしまった」

伝兵衛は広場を通り抜け、切り立った崖を回り込む道を指差した。

道の先に大きな洞窟の入り口が見えた。

「土居一族は、洞窟を刳《く》り貫《ぬ》いて、中を拡げ、その中に住んでいたんだ」

伝兵衛は洞窟の入り口の前で立っていた。

文史郎は馬を降りた。

洞窟の中を覗いた。

入り口から入ると中は、さらに何本にも枝分かれして、奥に続いている。

「山焼きの火だけじゃねえ。誰かが、焼き打ちをかけたんだ。洞窟の中にまで火を放っていっぺ。中に隠れていた住民もろとも焼き殺したってわけよ」

伝兵衛はひんやりとした声でいった。

内部は焼け爛れ、奥まで黒く煤けていた。激しい火勢が奥まで焼き尽くしたに違いない。

入り口付近には、何本も松明《たいまつ》の燃え滓が転がっている。

「殿、これを洞窟の中に放り込んで、中も焼き払ったのでしょうな」

左衛門が脇から覗いていった。

いくつも並んだ大小の洞窟のすべてが焼かれていた。

文史郎は火に追われて逃げ場を失った女子供や老人たちの阿鼻叫喚《あびきょうかん》を想像した。

「伝兵衛、焼き打ちをかけたのは、同じ土居一族の一刀斎たちだときいたが、ほんとうなのか？」

「正直、おらには分かんねえ。一刀斎たちだという噂もあるし、藩のお庭番らしい黒装束姿の連中を見たという話もあんだ」

「藩のお庭番だと？」

文史郎は左衛門と顔を見合わせた。藩のお庭番を取り仕切っているのは誰か？

伝兵衛は地べたについた足跡を調べて回った。

「お篠の馬の蹄《ひづめ》の跡はあるか？」

「真新しい蹄跡があっぺ。お篠様は、ここも通り過ぎたみてえだ」

伝兵衛は眩しそうに手をかざして、太陽を見上げた。

「相談人の旦那、まだ先があんだ。急がねえと、お篠様に追いつかねえし、日も暮れちまう」

「分かった。参ろう」

文史郎は馬に跨がった。左衛門も馬に飛び乗った。

伝兵衛は獣のように身軽に沢を横切る細道を駆けて行く。

文史郎は伝兵衛の疲れ知らずの強靱さに舌を巻いた。とても人間業ではない。

岩場に達して、森の焼け跡は消えた。火は岩場まで及んで自然に止まったのだろう。

岩石のガレ場を登り、峰に続く尾根に上がった。

前方に険しい鳥甲山が聳え立っている。

「伝兵衛、土居一族の隠れ里は、まだ遠いのか？」

「遠い。さっきの村を追われて、さらに奥の里に籠もったんだからな。もともと、遠いご先祖様が、最初に住み着いたという洞穴がいくつもあるところだ」

そこから山の裏側の斜面になり、眼前に深い森林が広がっていた。細い山路が森の中に潜り込んでいる。

伝兵衛は森の入り口で立ち止まり、振り返ってこっちだと手招きした。

文史郎と左衛門は伝兵衛のあとに続き、森の中に馬を進めた。

森の奥へと黙々と馬を進めた。

森の中は森閑として静まり返っている。

伝兵衛は走るのをやめ、文史郎の馬の轡を取って歩き出した。馬は首を上げ下げしながら、大人しく歩いて行く。

「ここからは、用心せねばなんね」

「何を用心するのだ？」

「熊や狼が出んだ」

伝兵衛はにやりと笑った。

文史郎は思わず、周囲を見回した。鬱蒼と繁った樹林には下草があまり生えていない。だが、少しでも日が差すところには、草叢や熊笹が群生している。

「熊はこっちが大声で喋っていれば、逃げて行くだ。だけんど、狼は質《たち》が悪りい。狼は群れなして、しつこく狙った獲物を付け狙い、隙があると襲ってくんだ。それで馬や人がだいぶ襲われて食われた」

やがて、森が切れ、山の斜面に出た。岩と石が露出した草原になっている。

「待って」

伝兵衛は斜面の頂に目を凝らし、両手を上げて振った。

誰かに合図をしている。だが、頂には人影がない。伝兵衛は首を傾げた。

「伝兵衛、どうした？」

「見張りがいるはずなんだ。ちょっくら、行ってくらあ。ここで待っててくんなせい」

伝兵衛は斜面を上がって行く。さすがに疲れたのか、足取りが重い。

「爺、わしらも行こう」

文史郎は馬の横腹を蹴った。馬は草原の斜面を登りはじめた。左衛門が続く。

やがて、文史郎は伝兵衛に追いついた。

「伝兵衛、乗れ」

「でえじょうぶでえ」

伝兵衛は怒った顔でいった。

文史郎は斜面を登り切り、頂近くに着いた。

そこからは、周囲が全部見える。見張りには絶好な地形だ。

岩陰に櫓《やぐら》があった。伝兵衛が追いつき、櫓の下に走り寄った。

「おい、誰かいねえか」

櫓の下に小さな洞穴が見えた。伝兵衛は覗き込み、頭を左右に振った。

「やっぱ、やられている」

文史郎は馬から下りた。櫓の下の洞穴を覗き込むと、中に二人の男が転がっていた。

いずれも喉元を鋭い刃で切られていた。

左衛門が下馬をして、洞穴に入り、男の軀に触った。

「殿、まだ死んで、間もないですぞ。硬直もしていない」

「もしかして……」

伝兵衛は呟いた。

「どうした？」

「急ぐべ。この様子だと、隠れ里が襲われているかもしれねえ。ついて来てくんねえ」

伝兵衛は山の斜面を駆け降りはじめた。

文史郎は慌てて馬に跨がり、伝兵衛のあとを追った。左衛門が続いた。

六

それから二つの沢を越えた。

山はさらに深くなった。

森の中を歩いていると、周囲が見えず、どこをどう歩いているのか分からなくなった。

伝兵衛は馬の轡を取りながら獣道を進んで行く。

「ここは三の谷といって、冬場、雪深くて、土居一族以外、滅多に人は入らねえ。ところが、ある年、お殿様一行が狩りで鹿を追っているうちに、迷い込んじまっただ」

「そのときのこと、伝兵衛は存じておるのか？」

「知ってるも知らねえもねえ。おらが行き倒れになっている殿様を助けただ。土居一族の隠れ里に連れて行ったんだからな」

「助頭殿一人が助かったそうだな」

「うんだ。御供のさむれえたちは、着ていた物を脱いで殿様に被せ、自分たちはみんな薄着になったため凍死してたんだ」

文史郎は唸った。

「そうだったのか。それにしても、伝兵衛はよく助頭殿を助けることができたな」

「助けたはいいだども、土居一族の奥の隠れ里の場所を知られたらまずいというんで、まだ殿様の頭がはっきりしないうちに、下界の土居村まで下ろしたんだ。これがたいへんだったべ」

「なるほど」

「そこで、今度は土居分家が殿様を引き取って介抱した。そこで殿様を一生懸命に介抱したのが、お篠様だった。それで殿様は美しいお篠様を見初《みそ》めたってわけだ」

「ふうむ。そういうことか」

助顕とお篠の出会いは、助顕が遭難したときだったのか。

「それから、殿様は在所に戻ると、何度も狩りに出ては、土居村の井佐衛門様の家に通うようになり、お篠様を側室に上げようとなさった。ところが、筆頭家老がひどく反対したんだ」

「どうして?」

「お篠様は土蜘蛛一族の娘。そんな卑しい身分の娘を本田家の頭領が側室にするのはいかん。家格が違うってな」

伝兵衛は吐き捨てるようにいった。

文史郎は頭を振った。

「筆頭家老の小峰主水丞は、そんなことをいっていたのか」

「いまの筆頭家老の小峰様ではねえ。前の筆頭家老の桑原重左衛門様だ」

「桑原が」

「殿様は家老会議で反対されたので怒ったんだ。それで筆頭家老の桑原様を強引に辞めさせ、いまの小峰主水丞様を筆頭家老に引き上げなさった」

「そういうことだったか。じゃあ、桑原は不満を持ったろうな」

「だべか？　桑原様はかなりの年寄りだったからな。かえって責任がなくなったって、楽になったんじゃねえか。いまは、桑原様は町外れに家を建てて、悠悠自適の隠居生活をしてなさるだ」

文史郎は唸った。

「家格が違うてか」

「何をいってんだべ。土蜘蛛一族のおらたちが助けなかったら、殿様、とっくにあの世に行ってたべ。その命の恩人にいう言葉かねえ？」

「確かに、その通りだな」

「そうだべ。旦那は話が分かりそうだな」

文史郎は苦笑いし、左衛門を振り向いた。

左衛門は、伝兵衛の話がきこえているのかいないのか分からないが、知らぬ顔をしている。

自分が藩主だったころ、桔梗《ききょう》に出会うまで、どこかで、身分の違いや家格を重んじていた。そうしたしきたりをぶち破るのは、いつも女人ということか。

「伝兵衛、そのお篠様が男の子を産んだのは存じておるか？」

「もちろんでさあ。それで土居家は一族郎党あげて大喜びだった。藩主の御子を産んだってえんで、土居村はお祭り騒ぎだった」

「では、藩はお篠が助顕殿の子を産んだのを存じておったのか？」

「いんや、知らねえはず。井佐衛門様のご指示で、誰の子かは伏せ、土居一族内の祝い事にしてたからね」

「ふうむ」

文史郎は考えた。

いくら土居一族の結束が堅いといっても、上手《じょうず》の手から水が漏れることがある。助顕殿に男の子がいる、という噂が、どこかで藩の執政の耳に達してる可能性はある。

その事実を耳にしていても、黙っている執政がいるかもしれない。

「それから一年ほどしたら、江戸から密かにお迎えが来て、お篠様は子供を連れて、使いの者たちと江戸へ下がったんだ」

「そういうことだったか。お篠殿は、それから故郷の土居村に戻ったのは久しぶりのことなのか？」

「へい。四年ぶりですかねえ。井佐衛門様がご病気ということもあって、お篠様はお戻りになったんだべが、昔と変わらずお綺麗で、驚いたねえ。やっぱ、平家の落ち武者の血筋なのか、土居一族の娘はみな可愛いので評判なんだ。それだけじゃねえ。お篠様は武芸にも通じていなさる。いい女子でやす」

伝兵衛はまるで自分の娘であるかのように自慢げにいい、文史郎を見上げた。

七

森を抜け、谷間に下りる坂道に差しかかった。

どこからか水の音がきこえる。小鳥がさえずり、森のあちらこちらを飛び回っている。

樹間から断崖絶壁を落ちる滝が見えた。

文史郎はふと異様な気を感じた。

「うむ？」

風に乗って、どこからか、人の悲鳴とも獣の吠え声とも判別できない音がきこえた。

「殿……」

左衛門も強《こわ》ばった顔で文史郎を見た。

人の争う気配だ。剣の打ち合う音も響く。

「誰か争っておるぞ」

伝兵衛は雑木林の中に入って行く小さな山路を指差した。

「旦那、あっちだ」

伝兵衛は転がり落ちるように、跳び跳ねながら斜面を下った。

「隠れ里の方だ！」

文史郎も馬を駆け、雑木や藪、草叢に覆われた斜面を一気に下った。

左衛門も巧みに馬を操り、文史郎のあとに続いた。

文史郎は樹間に見え隠れする伝兵衛のあとを追い、雑木林の中の径に走り込んだ。

丈が低い木々の枝が行く手を阻んだ。文史郎は馬上に姿勢を低くし、枝を避けながら、急いだ。

樹林は次第に深くなり、鬱蒼と繁った森になった。

道は坂を下り、さらに沢に降りている。

沢の岩場の間に差しかかったとき、いきなり、ばらばらっと黒装束たちが、伝兵衛や文史郎たちの前に飛び降り、立ち塞がった。

「旦那！」

伝兵衛は文史郎の馬の傍に駆け戻り、脇差を抜いた。

「何者！」

文史郎は怒鳴った。

黒装束たちは、一斉に刀を抜いた。

「かかれ！」

その声と同時に、黒装束たちは、文史郎や伝兵衛、左衛門に斬りかかった。

「伝兵衛、先に行け」

「へい、おら、先に行くだ」

伝兵衛はいった。と同時に伝兵衛は黒装束たちに躍りかかった。

白刃がきらめき、一瞬にして、二人が斬られて倒れた。その隙をぬって、伝兵衛の姿が岩陰に消えた。

文史郎は鞍に付けた大刀を抜き放った。

抜くと同時に上の岩場から飛び降りて斬りかかって来た黒い影を斬り払った。

下から刀を突き上げてくる影に斬り下ろす。馬は後ろ脚立ちになって、前肢を振るい、前方に立ち塞がった黒装束たちを蹴散らした。

「爺、行くぞ」

「合点承知！」

後ろに続く左衛門も黒装束たちを斬り捨てている。

文史郎は馬の脇腹を足で蹴った。馬は勢いよく走り出した。その間に、文史郎は刀で黒装束たちは、慌てて跳び退いた。その間に、文史郎は刀で黒装束たちを薙ぎ払いながら、細道を突進した。

左衛門も襲いかかる黒装束たちを斬り伏せながら、文史郎のあとに続いた。

文史郎と左衛門は、沢を渡り、森の径に馬を駆けさせた。

どこかで呼び子が鳴り響いた。

引けの合図か？

追おうとした黒装束たちは、途中からあきらめ、文史郎たちを追って来ない。

文史郎は馬を駆り、森の中の径を飛ばした。

前方の樹間に火の手が見えた。

きな臭い。建物が燃える臭いだ。

径は大きく樹林を迂回し、崖を背にした平地になった。

通りの左側の岩壁には洞穴がいくつも口を開いており、右側には十数軒の家屋が並んでいた。

その家屋のいずれも火が付き、黒煙を上げて燃えていた。家人らしい男女が桶の水を火に浴びせ、消そうとしていた。

いずれの洞穴からも、煙が洩れている。そこから、子連れの女や老婆が逃れ出ている。

そこでも、あちらこちらで黒装束たちと村人たちが刀で、斬り結んでいた。

文史郎は馬から飛び降りた。左衛門も背後で馬を下りた。

「伝兵衛、どこにおる？」

文史郎は黒装束たちと斬り合う村人たちの中に走り込んだ。

村人たちは一人また一人と黒装束たちに倒され、劣勢になっていた。

「土居家の勢《せい》、我ら相談人、御加勢いたす！」

文史郎は怒鳴りながら、黒装束の男たちに斬り込んだ。

文史郎は刀を一閃、二閃させ、一瞬にして二人を倒した。

「我ら相談人がお相手いたす」

左衛門も大音声で手近の黒装束を一刀のもとに斬り倒した。

黒装束たちは、文史郎たちの登場に、うろたえた。

村人たちが文史郎たちの加勢で、勢いを取り戻し、刀や槍を振るい、黒装束たちを押し返しはじめた。

文史郎は右に左に体を躱し、そのたびに黒装束を薙《な》ぎ倒す。

左衛門は文史郎の背に背をつけ、背後の敵を斬り払う。

たちまち、文史郎と左衛門の周りには、黒装束の負傷者が増えはじめた。

馬に乗った頭らしい黒頭巾が奥の方から駆けつけた。

「何ごとだ！」

黒頭巾の男は、己の部下たちが倒されたのを見て激怒した。

三人の黒装束たちが、その場に倒れたり、蹲ったりしていた。

一人無傷の黒装束が文史郎に刀を向けながら、馬上の黒頭巾にいった。

「頭、こやつら、相談人、手強いでござる」

「だらしない。おのれ。貴様ら」

黒頭巾は采配を振るい、ほかの黒装束たちに集まれと合図をした。

「おまえが頭か。卑怯者、下りて立ち合え」

「なにい」

文史郎はいきなり、黒頭巾の馬の前に大手を拡げて立ち塞がった。

馬は驚いて後ろ脚立ちになった。黒頭巾は慌てて、馬の首にしがみつこうとした。

文史郎は、馬の首に回した手をむんずと摑み、引っ張った。

馬は首を一振り二振りした。

黒頭巾は馬から振り落とされ、大地に落ちて、尻餅をついた。黒装束の一人が駆け寄り、黒頭巾を引き起こそうとした。

黒頭巾は、その手を振り払い、立ち上がった。腰をさすりながら大刀を抜いた。

「おのれ、大館め、許せぬ」

黒頭巾は刀を右下方下段に構えた。男の全身から殺気が迸る。

文史郎は青眼に構えて、応じた。

「ほう。おぬし、余の名を知っているのか。感心感心。して、その構え、柳生新陰流か」

「しかり」

「柳生新陰流の遣い手といえば、おぬし、馬脚を現したな。藩指南役志賀次郎太。黒頭巾などで顔を隠さず、正々堂々と立ち合え。それとも、それがしに顔を見られるのが恥ずかしくて顔も出せぬか。臆病者め」

「おのれ、猪口才《ちょこざい》な。いわせておけば図に乗って。剣客相談人だ？　自ら剣客を名乗るとは、ちゃんちゃらおかしい」

男は黒頭巾をかなぐり捨てた。

志賀次郎太の苦み走った顔が現れた。

周囲に黒装束たちが集まってきた。村人たちも文史郎と左衛門の背後に集まり、立ち合いの様子を窺っている。

「ようやく正体を現したな。おぬしら、三日の間、兵を動かさぬという、余と城代との約束を破ったな。そして、女子供もいる隠れ里を焼き打ちするとは言語道断、なんたる非道。武士ならば、恥を知れ」

志賀次郎太は一瞬たじろいだが、すぐに体勢を立て直して、怒鳴った。

「何をいう。こやつら土蜘蛛一族こそ、曲田兵衛殿を闇討ちし、普請小屋に詰めた藩士たちに焼き打ちをかけ、皆殺しにした。その敵討ちをしたまでのこと。卑怯なのはこやつらだ」

「おぬしら、その卑怯者と同じ卑怯な所業をしているではないか。目糞鼻糞を笑うようなものだ」

「問答無用。皆の者、こやつら、まとめて葬れ」

「おい、志賀次郎太。余と一対一で戦えず、みんなの力を借りようというのか。呆れた臆病者だな」

「何をいう。皆の者、手出し無用。拙者がこの大館文史郎を斬る」

「そうそう。その覚悟でかかって参れ」

文史郎はにんまりと笑い、右八相に刀を構えた。

志賀次郎太の力量を測った。

左足を前に出し、左半身に隙を見せた。斬り込んでくれば、並みの腕だ。

自制して斬り込まねば、かなり腕は立つ。

斬り込んで来ない。

ほほう。やや出来るな。

志賀次郎太は左足をずらし、左に回りはじめた。同様に左半身に隙を見せる。

文史郎は、刀を振り下ろし、一瞬相手の隙を突く形を取り、寸前で刀を引いた。

志賀次郎太の刀が待ってましたと、文史郎の軀を下から斬り上げた。刀が空を斬り、文史郎の前を過《よぎ》った。

手強いが、動きが読める。

文史郎は志賀次郎太の剣の力量を見切った。

秘剣を使う必要はなし。

文史郎は再び右八相に構えた。

志賀次郎太は、下段左下方に刀を下ろした。

全身に気を孕ませ、文史郎は左足を大胆に一歩前に進めた。隙は一分も見せない。

志賀次郎太は気迫に押されて、一歩下がった。

文史郎はずずっと左足を前に進める。相手はまた後退した。

志賀次郎太は顔面蒼白だった。額に汗をかいている。

文史郎は志賀次郎太を睨んだ。

もし、自分が相手なら、足を進める一瞬の隙に斬り込んでくる。それしか隙はない。

次の一歩。ずいっと左足を進めた。同時に体を開いた。

志賀次郎太が裂帛《れっぱく》の気合いとともに斬り上げて来た。だが、体を開いた文史郎の構えに斬り上げが乱れた。

文史郎は瞬時に刃を反し、志賀次郎太の胴を抜いた。

志賀次郎太の肋《あばら》の骨が折れる鈍い音が響いた。志賀の軀がくの字に折れて、その場に崩れ落ちた。

「峰打ちだ。安心せい」

「おのれ。……」

志賀は苦痛に顔をしかめて蹲った。

配下の者たちに動揺が走った。

「斬るには惜しい。志賀、おぬしは生き延びて、お詫びをせい」

文史郎は大音声で叫んだ。

「引け、引け」

黒装束の一人が叫びながら、志賀に駆け寄り、抱え起こした。

黒装束たちは一斉に撤退しはじめた。

皆、倒れた仲間の遺体も抱えて引き揚げて行く。

その間も、家屋は焔々と燃え続け、崩れ落ちて行く。

村人たちは悲痛な面持ちで、家屋が焼け落ちるのを眺めていた。

「旦那様、来てくれえ」

伝兵衛の声が響いた。

文史郎は伝兵衛のところに走った。左衛門があとに続いた。

「旦那、人質の邦吉がさらわれる」

伝兵衛が告げた。

「ない、邦吉がさらわれると」

洞穴の一つから、黒装束たちが一人の男を担いで運ぼうとしていた。

「待て！」

文史郎は黒装束たちに怒鳴り、行く手に立ち塞がった。

黒装束たちは、立ち止まった。

黒装束たちは担いでいた邦吉を地面に放り出した。邦吉は地べたに転がった。ぐるぐる巻きに縄で縛られ、猿轡《さるぐつわ》も嚙まされていた。

黒装束たちは一斉に刀を抜いた。

文史郎と左衛門は黒装束たちに刀を構えた。

「伝兵衛、ここはわしらに任せろ。おぬしは、猪右衛門殿が無事かどうか、捜せ」

「合点で」

伝兵衛は小走りに火消しをしている村人たちに駆け寄った。

「おのれ、邪魔するか」

黒装束たちは、文史郎と左衛門に斬りかかった。

文史郎はひらりひらりと体を躱し、飛び込んで来る黒装束を、つぎつぎに叩き払った。
左衛門も黒装束たちを一人、また一人と撫で斬りした。
「止むを得ぬ。邦吉を殺《や》れ」
黒装束の頭が叫んだ。
いきなり黒装束の一人が足許に転がった邦吉に刀を振りかざした。
いかん。
咄嗟に、文史郎が黒装束に飛んだ。刀が一閃し、黒装束の胴を打ち払った。
黒装束の軀が二つ折りになり、邦吉の傍らに崩れ落ちた。
黒装束たちは動揺し、慌てて文史郎に斬りかかろうとした。
文史郎は刀を八相に構えた。
「これ以上かかって来るなら、斬る」
文史郎は刀の峰を返し、刃を黒装束たちに向けた。
左衛門も脇で青眼に構えた。
呼び子が鳴り響いた。
「引け、引け」
頭らしい黒装束がいった。

黒装束たちは転がっている仲間を、つぎつぎに抱え起こして、引き揚げはじめた。

「この野郎！」

「逃げるか！」

周囲から、村人たちが刀や槍を持って駆けつけた。

文史郎は左衛門にいった。

「爺、こいつは生け捕りだ。あとで尋問する」

「合点承知でござる」

左衛門は足許に転がった黒装束に屈み込んだ。男は気を失っていた。

「あいつらをやっちまえ！」

黒装束たちは、大勢の村人たちが怒声を上げながら殺到して来たので慌てた。踵《きびす》を返して逃げはじめた。

村人たちが喚声を上げて、黒装束たちのあとを追いかけた。

文史郎は縄でぐるぐる巻きにされた邦吉に屈み込んだ。

「大越屋の番頭の邦吉だな」

「ううう……」

邦吉はうなずいた。

「わしらは相談人だ。大越屋の小番頭久米吉に頼まれ、おぬしを助けに来た」

「いま縄を解くぞ」

左衛門が邦吉の縄を解いた。

「いやあ、助かりました。ありがとうございます」

邦吉は縛られて赤くなった手首をさすった。

「邦吉、わしらの傍を離れるな。また村人や黒装束たちに捕まっては困るのでな」

「はい」

「相談人の旦那！　こっちに来てくだせえ」

通りの方から伝兵衛の呼ぶ声がした。

見ると、洞穴の前に人だかりができていた。

その中で、伝兵衛が大柄な男を抱え出していた。

文史郎と左衛門は人垣を掻き分け、伝兵衛の傍に寄った。

伝兵衛に抱えられた大柄な男は、頭を総髪にした年寄りだった。満身創痍で、血だらけだった。

男は井佐衛門に面立ちがよく似ている。脇に女房らしい年輩の女が付き添っていた。

「旦那、この方が土居本家の家長猪右衛門様ですだ」

「そうか。猪右衛門殿、しっかりいたせ」

「…………」

猪右衛門は苦しげに喘《あえ》いでいた。

胸や腹を斬られており、着物は血に染まっていた。顔面蒼白で、すでに死相が現れていた。

文史郎は猪右衛門に屈み込んだ。

「それがし、相談人の大館文史郎と申す。井佐衛門殿から、信頼の証の勾玉を預かった」

文史郎は懐から井佐衛門から預かった勾玉を取り出して、猪右衛門の顔の前に掲げた。

女房が文史郎の手から勾玉を取り、猪右衛門の手に握らせた。

「あなた、井佐衛門様のほんとうのお使いですよ」

「…………」

猪右衛門は文史郎に顔を向け、ゆっくりとうなずいた。信じてくれたようだった。

「……相談人……」

猪右衛門の目が泳いだ。必死に文史郎を探していた。だが、目は虚ろで焦点が定まらぬ様子だった。

女房が文史郎に訊いた。

「何をお尋ねするのですか？」

「一刀斎を陰で操る黒幕を知りたい。そして、彼らの狙いは何なのか？」

「お篠と同じですね」

「なに、お篠が先に参ったのか？」

「はい。少し前に、お篠は御頭を訪ねて来たのです。それで、あなたと同じことを訊いていらした」

文史郎は左衛門といっしょにあたりを見回した。

村人たちが大勢出て、家屋や洞穴の中の火事を消火しようとしていた。その中に、お篠らしい女の姿は見当らなかった。

女房はいった。

「お篠は御頭様と話を終えたら、すぐに馬に乗り、立ち去りました」

「いずこに？」

きっとお篠は、黒幕について聞き出したに違いない。

「さあ、それは分かりません」

文史郎は左衛門と顔を見合わせた。

「お篠が御頭に尋ねていたとき、奥様は立ち合っていたのでは？」

「御頭様は人払いしたので女房の私もお側にはおりませなんだ」

「そうか。残念」

文史郎は猪右衛門に向き、あらためて問い質した。

「黒幕は誰なのだ？」

猪右衛門の喉仏が、ごくりと音を立てて上下した。

「……おし……お篠に……」

猪右衛門は喘ぎ喘ぎいった。

「お篠が、いかがいたした？」

猪右衛門は息が詰まり、声を出せなかった。

「黒幕は誰だというのだ？　わしらにも教えてくれ」

「……おしのが……」

「お篠が……なんだと申されるのか？」

「……竹林……寺に……」

竹林？　寺？

「殿、ともあれ、碓氷の関所に行きましょう。そこをお達たちが通ったか否かでございましょう。通っていなかったら、張り込むし、すでに通っていたら、追いかけるしかありません」

文史郎は左衛門の見方に賛同した。

とりあえず、碓氷峠でこれから先のことを考えよう。

三日目の早朝、安中の宿場を発ち、松井田《まついだ》宿を過ぎると、いよいよ中山道一番の険しい碓氷峠だ。

峠への山道は、延々と急な坂や、崖に沿った悪路難所が続く。馬にとっても人にとっても、一瞬たりとも気が抜けない峠道である。

山道の周囲には、奇岩怪石の峰々が聳《そび》え立ち、雲が尾根を巻き、冷たい風が音を立てて唸る。

峠には、人にとって、さらに難所となる碓氷の関所が控えている。

関所には、今日中に峠を越えようという行商人や侍、婦女子が屯《たむろ》していた。

文史郎たちが関所に入ったのは、まだ昼下がりの時刻だった。

待合場所には、子連れの女二人の旅人は見当らなかった。居たのは、お遍路《へんろ》の老人夫婦、行商人たち、旅芸人一座の男女子供、どこかの藩の侍夫婦、善光寺《ぜんこうじ》参りの老若男女一行といった色とりどりの面々だった。

文史郎たちは、とりあえず、白川が用意した通行手形を見せ、関所を通過した。

関所の出口に差しかかったとき、左衛門が文史郎に囁いた。

「殿、出口の待合所でお待ちください」

「爺は？」

「馬を引き出して来ます」

左衛門は厩への通用口に姿を消した。

文史郎は先に関所の門を潜って外へ出た。

門の外の待合所には、江戸へ下ろうとする旅人たちが長蛇の列を作っていた。

文史郎は待合所の桟敷に腰を下ろし、キセルで莨を燻らせた。

左衛門はなかなか姿を現さなかった。

馬の通過に手間取っているらしい。

しばらくすると、二頭の馬の轡《くつわ》を取った左衛門が厩の方から現れた。

「お待たせしました」

「時間がかかったな。馬について、何か問題があったのか？」

「いいえ。馬は何も問題はありません。ついでにと思い、女改めの下番《げばん》に握らせ、女の旅人について聞き込んでみたのです」

左衛門は関所を振り返った。

関所は「出女《でおんな》に入り鉄砲」といって、江戸から出ようとする女と、逆に江戸へ入れる鉄砲について厳重に審査した。

そのため、関所には女改めの下番所があり、女の旅人については、通行手形の審査のほか、申請通りの人定かどうか、「改め女」や「さぐり婆」によって、一人一人厳しい身体検査が行なわれた。

とはいえ、所詮は人のやることである。気は心。役人への付け届け次第で、抜け道はいくらでもあり、手心も加えられる。

「それで、何か分かったか？」

「それらしき子連れの女は、通っていない、とのことです」

「まだ、お達たちは通過していない、ということか？　それとも、裏道を抜けて関所破りをしたのか？」

左衛門はにやりと笑った。

「だが、収穫はありました。下番の話では、今朝、従者二人を連れた女が一人通ったそうです」

「従者二人と女だと？　子連れではないではないか？」

「そうですが、従者が事前に提出した通行手形は、信濃秋山藩の中臈の貴代とあったそうです」

「なに、貴代か？　お達の同僚ではないか？」

「ですが、はたして、ほんとうに貴代かどうか。おそらく誰かが貴代の名を騙って関所を通ったのではないか、と」

「つまり、お篠かお達が、貴代を名乗って通ったかもしれぬというのだな」

「はい。ともあれ、下番の話では上役の上番《かみばん》や改め女たちに、かなりの鼻薬《はなぐすり》がふるまわれたらしい。その中臈が到着すると、わざわざ上番役人が迎えに出て、女改めもそこそこに、関所を通過させたというのです」

「もし、通ったのがお篠かお達だったとして、いっしょにいた子供は、いかがいたし
たのだろうか？」

「下番の話では、すでに何組も親子連れを通しており、その中に武丸がいたか、ある
いは、これから何か別の手立てで通すつもりなのかもしれません。ともあれ、我らが
追う一人は、一刻前に、ここを通ったということだけは確かです」

「よし。爺、まずは、その貴代を名乗る女に追いつこう。敵も気付いているやもしれ

母親は起こったことを話した。

「この相談人の方々が敵から、私たちを助けてくれたのです」

「そうでしたか、相談人殿、まことかたじけない。我らがいない留守を狙っての所業、まこと許せぬ」

猪太郎は文史郎や左衛門に頭を下げて礼をいった。

兜巾を脱いだ修験者たちは、篠懸《すずかけ》、結袈裟《ゆいげさ》姿のまま、周囲に座った。いずれも金剛杖を手にした屈強な者たちだった。

「この三年というもの、諸国の山々を巡り、修験道を極めるべく修行しておりました。旅の便りに、風の噂に古里が大変なことになっているときき、急ぎ熊野《くまの》から戻った次第でござる」

女房が付け加えた。

「相談人様、この猪太郎が土居本家の後継ぎにございます。もし、御頭様に万が一のことがあれば、猪太郎が一族を率いる頭にならねばなりませぬ」

「そうか。では剣次郎は、おぬしの弟となるわけでござるな」

「義理の弟でござる。で、剣次郎は無事なのか？」

猪太郎はあたりを見回した。

「猪太郎、おまえがいない間に、あろうことか、剣次郎は御頭様の命《めい》に反して、藩の普請小屋や人足の飯場を焼き打ちし、無用な戦を始めたのです。そのため、御頭様は、剣次郎を土居家から絶縁し、追放したのです」

「な、なんと。剣次郎が破門ですと？」

猪太郎は信じられない面持ちで、猪右衛門の顔を覗き込んだ。

猪右衛門は目尻に涙を浮かべていた。

文史郎がいった。

「剣次郎は、いまは谺一刀流開祖を名乗って、開墾事業を始めた信濃秋山藩の要路を襲ったり、大越屋を脅したりしておる。そもそも、こうして村が焼き打ちされたのも、剣次郎が一派を率いて、先に藩に戦いを挑んだことが原因」

「あの剣次郎め。前から過激なことを申しておったが、ついにやりおったのか」

「土居分家の井佐衛門殿によると、その剣次郎を背後から操る黒幕がいるとのこと。必ずしも剣次郎のみが悪いわけではないようなのだ」

「黒幕ですと？」

猪太郎も首を傾げた。文史郎は尋ねた。

「猪太郎殿、おぬしも知らぬか」

「知りません。足掛け三年、俗界を離れて修行をしておりましたので」

「あなた！　しっかりなさって」

女房が横たわった猪右衛門の軀を揺すった。猪右衛門は目を半眼に開いたまま、身動きもしなかった。

「父上」

猪太郎は頭を垂れた。周りの修験者たちも一斉に頭を垂れた。

伝兵衛はその場を離れた。

猪太郎は猪右衛門の遺体に合掌し、般若心経《はんにゃしんぎょう》を唱えはじめた。修験者たちも唱和した。

土居一族の村人たちも、その場にしゃがみ込んで、頭を垂れている。

八

「ようやく、こやつ気が付きましたぞ」

左衛門が文史郎に囁き、足許に転がった黒装束姿の男を引き起こした。

「ちと場所を移そう」

文史郎は左衛門と伝兵衛に目で合図した。

黒装束を引きずり、村人たちの輪から出た。

左衛門は男の黒覆面を剝いだ。怯えた顔の若侍だった。あたりに味方がいないと知って、軀をぶるぶる震わせている。

「正直に申せ。いえば悪いようにはしない」

「…………」

若侍はこっくりとうなずいた。

「おぬしらは、藩の者だな」

「は、はい」

「おぬしの役目は？」

「普請組でござる」

「誰の配下だ？」

若侍は口籠もった。

「組頭の小川《おがわ》殿の……。でも、小川殿は関係ありませぬ」

「では、誰の命《めい》を受けて、ここへ来た？」

「……笹川家老の御命令でした」

「やはり笹川か」

　文史郎は左衛門と顔を見合わせた。

「城代め、三日間は、藩からは戦を仕掛けぬとうそをつきおって」

　若侍が恐る恐るいった。

「……城代様は、このこと存じないと思います」

「何？　城代は土居一族の隠れ里の焼き打ちを知らなかったと申すのか？」

「はい。笹川様は兵を動かさぬ城代殿を弱腰として、密かにお庭番や不満分子を募り、独断で土居一族の隠れ里の焼き打ちを命じたのです」

「なんのために焼き打ちするというのだ？」

「先に不意打ちされて殺された友達の敵討ちでござった。……」

「敵討ちのためなら、家や洞穴を焼き打ちして、女子供、年寄りまでも殺してもよい、というのか？」

「……まさか、こんなことになるとは思いませんでした。ですから、それがしは、いまは後悔しています」

　若侍はうなだれた。

「後悔先に立たずだ。笹川は、仇討ちに見せかけてはいたが、何かほかに目的があったのではないかのう？」

文史郎は顎を撫でた。左衛門が訝った。

「ほかの目的でござるか？」

「もし、相談人様」

左衛門の陰にいた邦吉が文史郎に声をかけた。

「なんだ？　邦吉」

「笹川は土居一族を一掃し、この土地から追い出して、あるものを得たかったのではないか、と思います」

「ほう。それは何か？」

「お見せします。どうぞ、ごいっしょに」

邦吉は文史郎たちの先に立って歩いた。

邦吉が連れて行った先は、一番奥の洞穴の前だった。

邦吉は真っ黒に煤けた洞穴の中を覗き込んだ。きな臭い空気が充満していた。すでに火は消えている。

外の光で、ほんのりと内部は明るい。

「相談人様、小柄《こづか》をお借りできますか？」

「うむ」

文史郎は大刀の鯉口に差し副えてあった小柄を抜き、邦吉に渡した。邦吉は小柄を手に、洞穴の中に足を踏み入れた。

煤で黒くなった岩壁の前に立ち、しばらくの間、小柄を振るい、岩を削っていた。やがて、邦吉は削った岩の一塊を手に、洞穴の外に出て来た。

邦吉は小柄でしきりに岩石の表面を削った。

「それが何だというのだ？」

邦吉は答えず、削り取った岩石の表を陽光にかざした。金色の粒粒が輝いている。

「金ではないか。洞穴には金鉱があるというのか？」

「はい」

「邦吉、おぬし、はじめから存じておったのか？」

「とんでもない。この洞穴に寝起きしているうちに、暇を持て余し、ふと壁に金色に光る粒粒を見付けたのです。これは、はたして金の鉱脈ではないのか、と」

文史郎は合点がいった。

「そうか、誰かが、この金鉱を得んがため、土居一族の追い出しを図ったというのか？」

「殿、そやつが黒幕ということですな」

左衛門も愁眉《しゅうび》を開いた。

文史郎は腕組をして考え込んだ。

「土居一族は、この金鉱のことを存じておるのだろうか？」

「私が見た限り、土居一族の人々は金があることを知らないと思いましたね。何人かに尋ねたものの、不思議なことに、誰も関心を抱かなかった。土居一族はどうも金に執着しているとは思えませんでした」

「しかし、おぬしの身の代金は千両だった。金子《きんす》を要求しておった」

「なんですと？　身の代金？　いったい、なんの話ですか？」

「おぬしが囚われの身になり、猪右衛門から大越屋に身の代金千両を出せと脅迫状が届いていた。それも、本日夕方までにという期限付きだった。期限内に出さねば、おぬしの命はない、と」

「冗談ではない。私は囚われの身ではありませんでした。私は大越屋太平治の名代として、土居家に住み着き、開墾事業を円滑に推し進めようとしていただけ。猪右衛門様も、私を認めて、客人として扱われていました。里の中を自由に歩き回れたし、帰りたかったら、いつでも帰っていい、ともいわれた」

「なんだって？　どうして、おぬしは、その事情を出店に伝えず、しかも帰らなかったのだ？」

「手紙は何通も書いて使いの者に持って行ってもらったはずですが。……」

邦吉はふと思い当たることがあったらしく、顔をしかめた。

「そうか。分かりました。猪右衛門様に真っ向から反対していた強硬派の剣次郎様の仕業です。剣次郎様一派が、猪右衛門様の指示に従わず、普請小屋や飯場を焼き打ちし、里から追放されたことがありました。剣次郎様たちは、私を目の敵《かたき》にして、穴蔵に監禁しようとさえしましたが、猪右衛門様が断固として許さず、私を守ってくれたのです」

「なるほど、そうか。千両の身の代金を要求する脅迫状も剣次郎が出したのか。それで、久米吉たちが急ぎ千両を秋山に運ぶのを知っていて、国境の峠で待ち伏せして奪ったというわけか」

文史郎は左衛門と顔を見合わせた。

すべては剣次郎の悪だくみだったのか。

「きっと私の手紙も、剣次郎一派が途中で横取りして、下の出店に届けなかったのでしょう」

邦吉は頭を振った。文史郎はいった。

「ところで、邦吉、この金鉱脈があることを、猪右衛門殿に話したのか?」

「もちろんでございます。そうしたら、猪右衛門様は御存知だったようで、笑って金などいらぬ、とおっしゃった。金欲しさに、この土居一族の聖地の里が世俗に汚れるのは避けたい。だから、私にも絶対に口外無用にしてくれといったのです」

伝兵衛が笑った。

「おらも土居一族のはしくれ。正直、金など興味ないね。おらたち山族は金なんぞなくても暮らしていける。むしろ、金なんかあったら、百害あって一利なしだべ。欲に狂えば、仲間でも喧嘩はするし、憎み合いもするべ。金なんかねえ方が気が楽だべ」

「そうか。ここは土居一族の聖地だったのだものな」

文史郎は捕まえた若侍に顔を向けた。

「ところで、おぬしの姓名は?」

「秋下玄馬《あきもとげんば》と申します」

「おぬしたちも、ここに金の鉱脈があることを存じておったか?」

「いえ。それがしたちはまったく知りませんでした」

「おぬしの上司たちは、金のことを知っておったのか?」

「御家老たちについては分かりませんが、藩内で、山奥に金鉱があるという話はきいたことがありませんでした」

「ふうむ」

文史郎は腕組し、自問自答した。

おそらく、黒幕は土居一族の洞穴に金鉱脈があるのを、嗅ぎ付けたに相違ない。

しかし、黒幕は、どうやって、金鉱脈のことを知ったのか？

土居一族の誰かから聞き付けたのだろう。

おそらく剣次郎からではなかったか？

黒幕と剣次郎は、どこかで利害が一致したのではあるまいか？

さらに、その金を基に、剣次郎は土居一族の家長になる野望を持っていたのではないか。

いや違うか。

家長の後継ぎは、長男の猪太郎に決まっている。もし、家長の後釜を狙うのであったら、猪太郎の命を狙うはずだ。

そうしないところから見ると、剣次郎の狙いは別のところにあると見ていい。

猪太郎の命を狙わずとも、土居一族の本拠地を立退かせればよい。

剣次郎は、そのために藩兵を襲い、反対に報復で藩兵が土居一族の隠れ里を焼き打ちし、住めなくした、とも考えられる。

そうすれば、黒幕と剣次郎は金鉱の利権を掌中に納めることができる。

ここまでは一応推理できる。

では、それと本田助顕のお世継ぎ問題は、どう絡むというのか？　あるいは、まったく絡んでいないのか？

開墾事業との関係はあるのか、それともないのか？

開墾事業には、その利権をめぐって、城代派と筆頭家老派の対立があった。

その対立の構図は、お世継ぎ問題とも重なっている。

黒幕は、はたして、どちらの派閥と関係があるのか？

あるいは、黒幕はどちらの派閥とも関係がないのか？

突き詰めて考えるうちに、堂堂巡りになり、結局は、最初の問いに戻ってしまう。

問題は、黒幕はいったい誰か、だ。

「殿、秋下玄馬が、話したいことがあるそうです」

左衛門が文史郎の思考を中断させた。

「なんだ？」

「相談人様、お話があります」

秋下玄馬がおずおずと口を開いた。

「猪右衛門がいまわの際にいった、竹林寺についてですが」

「ほう、何か知っておるのか？」

「あれは竹林寺《てら》ときこえたが、そうではなく、竹林邸《てい》のことだったのではないか、と」

「竹林邸というのは誰の住まいだ？」

「隠居なさった前筆頭家老桑原重左衛門様の別邸にございます」

桑原重左衛門は、藩主本田助顕がお篠を側室にしようとしたとき、身分が違うと反対したため、筆頭家老の座から引きずり落とされ、いったんは、次席家老になった。その後、老齢を理由に、自ら引退し、隠居していた。

「竹林邸とはわれらが密かに桑原重左衛門様を奉って呼んでいる通称。桑原様は隠居されても、昔ながらにお庭番を牛耳《ぎゅうじ》っているし、藩内のあらゆる部門に隠然たる力を持っております」

桑原重左衛門が黒幕？　お庭番を牛耳っている？

ありうる、と文史郎は思った。

桑原は助顕に筆頭家老の座を追われ、助顕に恨みを持っているはずだ。桑原なら筆頭家老だったころに培った人脈がある。引退したからといって、力がまったくなくなったわけでもあるまい。

「秋下、おぬしは、なぜ、心変わりをして、わしらに協力する気になったのだ？」

「いままでのお話をきいているうちに、それがしたちは、その黒幕の陰謀に乗せられ、こんな焼き打ちをしたのではと思い至り、何か罪滅ぼしをしたい、と」

「うむ」

「子曰《いわ》く。過《あやま》ちては則《すなわ》ち改むるに憚《はばか》ること勿《なか》れ、でござる」

秋下は深々と頭を垂れた。

文史郎は左衛門と顔を見合わせて笑った。

「そうか。おぬしの誠《まこと》を信じよう。では、おぬしの思うところを述べよ」

「おそらく、お篠殿は猪右衛門殿から竹林邸の話を聴き、居ても立ってもいられず、止めるのもきかずに竹林邸に乗り込んだのではなかろうかと」

「それで猪右衛門は、お篠が危ない、止めよといっているというのだな」

「はい。その通りでござる」

文史郎は秋下に命じた。

「よし。分かった。秋下、これより、われらを竹林邸に案内せい。お篠を助けに行く」

「承知いたしました」

秋下は頭を下げた。左衛門が訊いた。

「ここから竹林邸までの距離は？」

「山を下り、さらに城下まで戻らねばなりませんので、およそ半日はかかるかと」

「爺、途中、男川の登り口の陣屋に寄らねばなるまい。城代の高浜晋吾殿に、家老笹川の背反を弾劾《だんがい》させねばならん。秋下、おぬしが生き証人だ。その覚悟はできておろうな」

「はい。それがしも武士。まったく事情も知らず、笹川の命令に従ったばかりに、城代高浜様のご命令に背いてしまいました。笹川の背信について、それがし、己の名誉にかけて証言いたします」

「よくぞいった。余はおぬしの弁護をいたす。安心せい」

文史郎は、ぽかんと見ていた伝兵衛にいった。

「わしらの馬を引いて来てくれ」

「合点だべ。殿さんたちの馬を見付け、秋下様の馬を用意すべえ」

伝兵衛は踵を返し、村人たちが集まっている広場に駆け出して行った。

文史郎は邦吉に向いた。

「邦吉、おぬしを大越屋の出店のある陣屋まで馬で送ってやる。おぬしが見付けた金の鉱脈のこと、誰にも口外せぬと誓えるか？」

「もちろんでございます」

「土居一族の隠れ里に金の鉱脈があるなどとなったら、欲に目が眩んだ亡者たちが押し寄せ、彼らはこの地を追われかねない。そうさせないためにも、口外しないでほしい。いいな」

「はい」

「秋下、おぬしも、口外しないと誓えるか？」

「承知いたしました。武士に二言《にごん》はありませぬ。この鍔にかけて」

秋下は腰の刀の鍔を、左衛門の刀の鍔にぶつけて誓いを立てた。

「その石は、拙者が預かろう」

文史郎は邦吉から金の粒粒が露出している岩石を受け取り、懐に仕舞い込んだ。

文史郎は猪右衛門を囲んでいる村人たちのところに戻った。

猪太郎たちは焼け残った洞穴の一つに、猪右衛門の遺体を安置しようとしていた。

文史郎は、猪太郎に話がある、と声をかけた。

「なんでございましょう？」

「お篠が黒幕のところに乗り込むのは、実の父である剣次郎を、娘の自分が止めなければ、と思ってのこと」

「なるほど」

「わしらは、そんなお篠を助けるために、竹林邸に駆けつけようと思う。そこで、おぬしらに、頼みたいことがある」

文史郎は、これまでの経緯を掻い摘んで話した。猪太郎は驚きながらも、文史郎の話に熱心に耳を傾けていた。

「相談人の旦那ぁ！」

伝兵衛の叫ぶ声がきこえた。

伝兵衛や村人たちが、三、四頭の馬を引いてくるのが見えた。

九

柵は、戦の準備をする藩兵たちでごった返していた。

陣屋に着いた文史郎と左衛門は、邦吉と生き証人秋下を連れて、城代高浜晋吾に面会した。

文史郎の話をきいた高浜や物頭《ものがしら》大鹿大吾ら側近たちは仰天した。

「な、なんと、それがしの待てという命令を破って、笹川が土居一族の隠れ里へ攻め入ったと。いったい、どういうことだ！」

高浜は大鹿と顔を見合わせた。

「まさか」

「そんなことはあるまい。笹川殿も志賀も幕舎にいるはず」

高浜は配下に命じた。

「すぐに笹川を呼べ。侍頭の志賀も同行させろ」

「はっ、ただいま」

配下の侍たちが頭を下げ、駆け足で普請小屋を出て行った。

高浜は文史郎の後ろに控えた秋下を睨んだ。

「おぬしの証言に間違いないな。もし、偽りの告発であったなら、腹を切るだけでは済まぬぞ」

「城代様、それがしも武士。家老笹川殿が直々《じきじき》に我ら藩士に下命したもの。それも、軟弱な態度の城代様には決して洩らすな、秘密に行なう奇襲だと。勝って土居一族を駆逐《くちく》すれば、城代様も事後承認なさる。そう明言されておりました。それがしのいうことに、いささかの嘘偽りもありませぬ」

秋下は昂然《こうぜん》と胸を張った。

「むむ。軟弱だと」

城代の高浜は顔を紅潮させた。

ばたばたと足音が響き、呼びに行った配下の者が戻って来た。

「城代様、笹川殿は部下を全員連れて、先刻、城下に御戻りとのこと。幕舎には侍頭の志賀次郎太殿と部下の手勢しか残っておられません」

「なんだと！　笹川は、城代のわしにも黙って勝手に城下へ帰っただと」

高浜は激怒した。物頭の大鹿が配下に命じた。

「ただちに、志賀を呼べ。尋問いたす」

「ただいま、こちらに運びます」

戸口の扉ががらりと開けられ、戸板に載せられた志賀次郎太が七、八人の部下たちに運ばれて来た。

戸板は土間にそっと置かれた。志賀は胸に白い晒をぐるぐる巻きにしていた。何本か肋骨を折られただけでなく、内臓まで損傷している様子だった。

志賀は部下たちに支えられ、ようやく上半身を起こして座った。顔面は蒼白で、苦痛で脂汗をかいている。

志賀は文史郎と目が合うと、恥じ入ったように目を伏せた。

城代は居丈高にいった。

「志賀、相談人殿たちから話をきいた。秋下という生き証人までいる。おぬし、笹川と組んで、わしの命令を破り、勝手に軍勢を率いて、土居一族の隠れ里に焼き打ちをかけたそうだな。間違いないか」

「……間違いありませぬ」

志賀は神妙にうなずいた。

大鹿が訊いた。

「なぜ、そのような真似をしたのだ？」

「これも、信濃秋山藩のため、藩主本田助顕様のため、と笹川様からいわれてのことでござった」

城代が激しながら訊いた。

「志賀、おぬし、なぜ、笹川の命令はきけて、やつよりも上の城代の命令はきけぬというのだ？」

「申し訳ございませぬ。これには、深い訳がございます」

「志賀、もはや言い訳はきかぬぞ。おぬしには責任を取ってもらうしかあるまいて」

城代の高浜は面子《メンツ》を潰され、怒りに震えていた。

「覚悟しております る」

文史郎が立ち上がった。

「城代、お待ちくだされ。拙者に一つ尋問させていただけまいか？」

「よかろう。志賀、正直に申せよ」

文史郎は志賀に向いた。

「深い訳とはなんだ？」

「……余所者《よそもの》には、お話しできませぬ」

「藩の恥を曝すからか」

「…………」志賀は下を向いた。

「笹川が土居一族撲滅に失敗し、逃げ込んだ先は、竹林邸だな」

志賀よりも先に城代が叫んだ。

「なにい？　竹林邸だと？」

「隠居の桑原重左衛門殿が、笹川の背後にいるというのか？」

大鹿が城代と顔を見合わせた。文史郎はうなずいた。

「さよう。志賀も家老の笹川も、竹林邸の指図するままに動いていた。そうであろう？」

「…………」

志賀はきっと顔を上げ、目を剝いて文史郎を睨んだ。

「一刀斎の土蜘蛛一味も、背後で操っていたのは黒幕の竹林邸だな」

「御免」

志賀はいきなり腰の小刀を抜いた。その刃を両手で持ち、自分の喉元に突き入れた。

咄嗟のことで、誰も止め立てできなかった。

血潮が喉元から噴き出し、志賀は戸板の上に突っ伏した。

「城代、このたびのすべての揉め事を策していたのは黒幕の桑原重左衛門だ。志賀は死によって証言した。まこと武士らしい最期。これより、それがしたちは、馬を飛ばして、竹林邸に乗り込み、悪の黒幕桑原重左衛門を成敗いたす。よろしいな」

「…………」

城代も大鹿も凍りついたままだった。

文史郎は左衛門に目配せした。

「爺、参るぞ。秋下、案内せい」

「馬引け！」

左衛門は叫び、呆然として志賀の自決を見ていた供侍たちが慌てて外へ飛び出していった。

城代の高浜が気を取り直していった。

「それがしたちも、目付ともども、追っかけ捕り手たちを差し向けまする」

文史郎は、その言葉を背に受けながら、外に出て、馬に飛び乗った。

十

秋下を先頭にした文史郎と左衛門の馬は、夕陽を浴びて黄金色に輝く稲穂の海の中を駆けに駆けた。

めざすは秋山の城下町の外れの竹林邸までの一本道だ。

その名の通り、竹林邸は広大な竹林の裏山を背にした屋敷だった。

文史郎たちは馬を駆り、屋敷の門前に乗り込んだ。

屋敷の敷地には、明るいうちなのに、篝火が焚かれ、通用門の戸口から、供侍たちがばらばらっと出て、文史郎たちの前に立ち塞がった。

文史郎は秋下に目配せした。

秋下は懐から書状を取り出し、供侍たちに掲げて叫んだ。

「上意《じょうい》だ。上意であるぞ」

供侍たちは戸惑った。

「本田助顕様の上意だ。上意に背くは、藩への反逆となり、罪は重いぞ。下がりおろう」

秋下は馬上で大声で叫び、上意と書かれた書状を供侍たちに差し示した。

「おぬしら、殿が遣わした上意の使者を拒むと申すのか? 門番は直ちに開門開門!」

文史郎は鷹揚に馬をあやしながら待った。

左衛門も馬の手綱を引き、落ち着かせながら、供侍たちを睥睨する。

やがて、門番たちは扉を開いた。

「上意だ。控えおろう」

秋下は大音声で叫びながら、馬を邸内に進めた。

左衛門は馬を進めながら、文史郎にいった。

「殿、あちらにお篠殿の愛馬が」

見覚えのある芦毛の馬が立ち木に繋がれ、前足で地面を掻いている。

お篠は、すでに着いていたか。

文史郎は城代たちの陣屋に立ち寄ったことを悔いた。

お篠よ、無事でいてくれ。

文史郎は玄関先で馬を下りた。左衛門も秋下も下馬して並んだ。

険しい顔付きの供侍たちが玄関先に立っていた。

「上意だ。頭が高い。控えおろう」

秋下は上意の書状を掲げ、玄関の三和土に入って行った。

顔見知りらしい供侍が不敵な笑みを浮かべ、秋下の前に立ち塞がった。

「秋下、これは何ごとだ。上意などと本物であるはずがない。殿は江戸にいる」

「戸田《とだ》、上意を疑うのか！　頭が高い。下がれ下がれ」

秋下は一歩も引かなかった。

「秋下、後ろの者たちは何者だ？」

「無礼者、こちらの方々は、江戸において、殿から直々に依頼された相談人だ。殿の上意を疑うとは不届き千万」

秋下は上意の書状の包みを解いた。

「戸田、頭が高い。下がれ下がれ」

戸田と呼ばれた供侍は、渋々式台の床に正座した。ほかの供侍たちも、つぎつぎに正座した。

秋下は包みを懐に差し込み、巻紙をはらりと開いた。

「上意。

一つ、この書状を所持したる相談人大館文史郎殿、並びに篠塚左衛門殿は、余助頭が我が妻お篠の方及び武丸の捜索を依頼し、二人の保護と護衛を依頼したる者たちなり。

一つ、藩のいかなる者も、相談人の捜索と仕事を妨げること能《あた》わず。相談人の指図は、余助頭の命《めい》として従うべし。

一つ、相談人の要望に対し、藩士は誠意を以て特段の便宜を計るべし。

一つ、相談人の命に従わざる者は、相談人が躊躇なく成敗することを許す。

一つ、相談人を疑う者は、余を疑う者として厳罰に処されるものなり。

以上。

信濃秋山藩藩主　本田助顕」

秋下は末尾の署名落款を戸田たちに、これ見よがしに見せた。

戸田は署名落款をしっかりと凝視して、すぐに飛びすさり、その場に平伏した。

「ははあ。これは確かに殿の署名落款。ご無礼の段、平《ひら》にお許しください」

それを合図にしたかのように、ほかの供侍たちも一斉に畏れ入って平伏した。

文史郎は平伏する供侍たちを見据え、奥へもきこえるように、大音声で叫んだ。

「当主の桑原重左衛門、見参見参。それがしは、本田助顕殿の名代《みようだい》大館文史郎だ。藩主助顕殿に代わって、いくつか問いたいことがある。出合え、出合え」

返事がなかった。

文史郎は左衛門と秋下に目配せした。

文史郎は三和土で草鞋《わらじ》を脱ぎ、式台に上がった。

秋下と左衛門も文史郎に続いた。

「出迎えなしというなら、わしらは勝手に上がらせてもらう」

「しばし、お待ちを」

戸田と呼ばれた供侍は、文史郎の足許に進み出て平伏した。

「ただいま、主人を呼びに行かせますゆえ。いましばしご猶予を」

戸田は供侍たちに命じた。

供侍たちがばたばたと廊下を奥へ走った。

文史郎は戸田を上から睨みつけた。

「戸田とやら、まずおぬしに詰問する。こちらへお篠の方が押しかけたはず。いま、どちらにおられるか？」

「……そのような御方は……」

「来なかったと申すのか。嘘を申せ。表にお篠の方の愛馬が繋いであるではないか」

「……は、はい。そのう、いま奥にて……」

「奥にてなんだというのだ」

「いましばし……」

「待てぬ。どけ」

文史郎は野袴を摑んだ戸田の手を払い、廊下を奥へ進み出した。

「退け退け。邪魔するな」

左衛門が立ち塞がろうとする供侍たちを叱りつけた。

秋下も書状を掲げ、文史郎のあとに続く。

「上意だ。相談人の邪魔をする者は、主君助顕様に逆らう者として処断するぞ」

戸田をはじめとする供侍たちが、文史郎や左衛門、秋下に従って廊下を連なった。

廊下には行灯が並び、足許をやや明るくしている。

廊下の突き当たりの襖ががらりと開き、正面の畳に大きな蟇《がま》を思わせる風体《ふうてい》の老侍が平伏していた。

顔には老人特有の斑紋がいくつも広がり、肌は黄ばんで浅黒い。髪の毛は少なく、額から頭頂まで禿げ上がって、てらてらと光沢を放っている。頭の両脇には申し訳程度しか髪はなく、それを後ろでまとめて、小さな髷を結っている。

「これはこれは、助顕様の御名代様、拙者が当家の主人、桑原重左衛門にございます。ようこそ、お越しくださいました。どうぞ、お入りくだされまし」

顔を上げると、分厚い上下の唇が見えた。

目は糸のように細く、眉毛はあるのかないのか、分からぬほど薄い。愛敬のある団子鼻。両耳は耳たぶが大きく垂れて、恵比寿《えびす》顔だった。細くて、どこを見ているのか分からない目が鈍く光った。

「おぬしが、当邸の主桑原重左衛門殿か。余は、本田助顕殿の依頼を受けた相談人大館文史郎。二度はいわぬ。お篠の方の身柄を返していただこう」

「……お篠の方でござるか」

「ここを訪れたことは分かっておる。お篠の方の身柄を返さぬか。返さぬと申すなら、助顕様の名代として、これから、直ちに家捜しさせてもらうがいいか」

「分かりました。お篠様を、お返ししたいところはやまやまなれど、お篠様はお怪我をなさっており、ここでしばらく養生されるがよかろうか、と」

文史郎はじろりと桑原を眺めた。

「ほう。やっとお篠がいるのを認めたな。おぬしらが、お篠に怪我を負わせたな。すぐにお篠を返してもらおう。さもないと……」

「分かりました。相談人様はお気が短い。ただいま、お見せしましょう。誰か、襖を。お篠様をお見せしなさい」

桑原は奥の襖に向かっていった。

隣室との境の襖が引き開けられた。

若衆姿のお篠が、畳の上にぐったりと横たわっていた。

「お篠」

文史郎は座敷に足を踏み入れようとして、足を止めた。

文史郎は鯉口を切った。

襖の陰から猛烈な殺気が放たれている。左衛門も足を止め、刀の柄に手をかけた。

秋下も、書状を懐に仕舞い込み、文史郎たちの背を守るように立って、刀に手をかけた。

背後の供侍たちも、無言のまま、刀に手をかけている。

「襖の陰にいるやつ、出ろ。隠れて闇討ちしようとは卑怯者。正々堂々と出て来い」

左手の襖の陰から、総髪の男がゆっくりと姿を見せた。行灯の仄かな明かりが、男の顔に浮かべた薄笑いに陰影を作った。

「出たな、剣次郎こと谺一刀斎」

一刀斎は半眼で文史郎を睨んだ。

右手の襖の陰から、家老の笹川満之典が現れた。

笹川は嘲ら笑っている。

谺一刀斎は静かな口調でいった。

「おぬしが、相談人大館文史郎か」

「さよう」

「おぬしの流派は？」

「心形刀流」

「拙者の流派は、谺一刀流」

「秘剣は残月剣だな」

「ほう。知っておったか。では、おぬしの秘太刀をきいておこう?」

「引き潮」

「ほう、優雅だな。ではお手合せ願おうか」

「いいだろう。だが、その前にお篠を返してもらおうか」

「よかろう。連れて行け」

笹川が強い語調で一刀斎にいった。

「待て。一刀斎、お篠は我らの人質だ。お篠を人質に取っておけば、相談人は手も足も出せない」

一刀斎はにんまりと笑った。

「相談人、だそうだ。どうする?」

「……お篠は、おぬしの実の娘ではないか。おぬし、自分の娘に対して、なんの思いもないのか?」

「ない。とうの昔に、娘とは親子の縁を切っている。なんの未練もない」

「おぬし、まさか、お篠を斬ったのか?」

「小娘の分際で、わしに勝負を挑むのが無謀というものだ」

「それは血を分けた親がすることか。実の娘を斬るとは、なんという恥知らずなのだ？」

「なんとでもいえ。剣の道に、親も子もない。強い者が残り、弱い者は消え去るだ。それが剣の道だ」

「…………」

文史郎は、はっとして身構えた。

いつの間にか、一刀斎の後ろに、手足を蜘蛛のように曲げ、姿勢を低くした影たちが音も立てずに並んだ。

いずれも黒装束で身を固め、目だけぎょろつかせている。

土蜘蛛一味。異形の刺客たちだ。

文史郎は座敷の周囲に土蜘蛛どもが拡がる気配を感じた。

天井にも床下にも、土蜘蛛たちがうごめいている。

供侍たちも、異様な殺気を感じたのか、じりじりと後退した。

「爺、秋下」

文史郎は爺と秋下に上下左右、全方位に気を配るよう目配せした。

「合点承知」

左衛門は刀を抜いた。秋下も刀を抜いて、あたりの気を窺う。

笹川が勝ち誇ったように笑った。

「相談人、助顕殿の名代が泣こうというものだ。これで、進退極まったな。最期に何かいうことはあるか？」

文史郎は桑原重左衛門に向いた。

「桑原、おぬしが、信濃秋山藩を騒がせた、すべての揉め事の黒幕だな」

桑原は分厚い唇を歪めていった。

「そもそもは、おぬしが名代を務める助顕殿が、最大の功労者であるわしのことをないがしろにして、筆頭家老から引きずり下ろしたのが悪い」

笹川が嘲ら笑った。

「しかり。筆頭家老に小峰主水丞なんぞを就けず、桑原殿が筆頭家老のままであれば、小峰と城代の高浜も引退させ、拙者が城代となり、万事丸く治めたものを」

桑原は頭を振った。

「そう。助顕殿は、わしらの掌の上で馬鹿踊りをしておればいいものを。小賢《こざか》しくも先君の真似をして、無理な開墾事業を推進したり、流行の養蚕業を手懸けたりして、藩の財政を赤字にし、結局は民に辛酸《しんさん》を舐めさせたのが間違いの元だった」

「ほほう。おぬしが、藩の執政を担当しておれば、民はみな豊かになり、幸せだったと申すのか？」

「その通りだ」

「最期に訊く。桑原、おぬしの狙いはなんだったのか？」

桑原は狸顔を崩して、にやにやと笑った。

「ききたいか？　わしの狙いは一つ。復讐だ。わしを軽んじたことを、本田助顕につくづく後悔させてやる。藩のお家騒動や地元の一揆騒ぎを起こし、それを幕府に直訴して、信濃秋山藩本田家のお取り潰し、改易、転封させることだ。」

「それだけか？」

桑原は怪訝な顔をした。

「これがあるだろうが」

文史郎は懐から金の鉱石を取り出し、桑原に放った。桑原ははっしと鉱石を受け取った。

「桑原、しらばっくれてもだめだ。金の鉱石だ。土居一族の隠れ里には、金の鉱脈がある。それが狙いだったのだろう？」

「……………」

文史郎はなおも続けた。

「信濃秋山藩のお取り潰し、改易になれば、桑原、笹川、剣次郎こと一刀斎の三人で、金山を独占できる。もし、そうできなくても、金山さえ持っていれば、幕府に売り渡すこともできるし、新しい藩に売り込むこともできる。一生優雅な暮らしができるというものだろう。違うか?」

桑原は、ため息をついた。

「相談人に、そこまでばれているとしたなら、最早致し方ないのう」

桑原は笹川や一刀斎に目配せした。

「殺《や》れ。生きて帰すな」

文史郎と左衛門、秋下の周囲に、黒装束の土蜘蛛たちが続々と現れて、二重三重に囲んだ。

いずれの土蜘蛛も、大鎌やら草刈り鎌、脇差やら、十字剣やら異様な得物を手にしている。

「あとはまかせた」

桑原は席を立った。土蜘蛛たちが桑原を守るように囲んだ。

「待て、桑原。逃げるか」

文史郎は抜刀し、土蜘蛛に飛びかかった。

土蜘蛛たちは、立ちはだかり、鎌や刀を振るって文史郎に斬りかかる。

供侍たちも桑原を守ろうと、文史郎の前に立ちはだかった。

「どけ。どかねば、斬る」

文史郎は怒鳴った。

左衛門も秋下も黒装束たちと斬り結んでいた。

いきなり、襖が踏み破られ、修験者姿の猪太郎が現れた。

「相談人、御加勢いたす」

それを合図に、天井板が踏み破られ、黒装束姿の土蜘蛛といっしょに白装束姿の修験者たちが、ばらばらっと飛び降りた。

床の畳が持ち上げられ、白装束の修験者と黒装束の土蜘蛛がもみ合いながら現れた。

乱戦になった。

行灯が転がり、めらめらと炎が上がった。

「相談人、大丈夫か」

猪太郎が叫んだ。文史郎は手を上げた。

「よくぞ、来てくれた」

修験者たちは金剛杖や太刀を振るい、土蜘蛛の黒装束と立ち回りはじめた。

火は襖や障子戸に付き、炎が大きくなっていく。

左衛門が土蜘蛛を斬り伏せた。秋下も奮戦している。

文史郎は躍りかかる土蜘蛛を斬りながら、一刀斎の姿を探した。

「一刀斎、いざ、見参見参」

「剣次郎、どこへ行った？」

猪太郎が金剛杖を構え、大声で呼んだ。

一刀斎の姿はどこにもなかった。逃げようとしている笹川を見付けた。

笹川がお篠を抱き上げ、喉元に刀をあてた。

「笹川、待て。逃げるな」

「相談人、近寄れば、お篠を斬るぞ」

笹川は嘲ら笑い、お篠を引きずりながら、廊下へ出た。

お篠はぐったりしているものの、まだ生きている様子だった。小袖が袈裟懸けに斬られ、血潮が染みになって拡がっていた。

玄関の方が騒がしくなった。

いったん、逃げ出した桑原が供侍たちと戻って来た。

「桑原殿、いかがいたした？」

「表に城代の捕り手たちが駆けつけておる。笹川、裏口へ回われ。このままでは包囲されて、逃げられなくなるぞ」

桑原はおろおろしていた。

笹川はお篠を抱えながら、裏口の方角へ向きを変えた。

文史郎は刀を青眼に構えながら、素早く笹川の行く手に回り込み、立ち塞がった。

「笹川、逃がさぬ。お篠を放せ」

炎が大きくなっていた。赤い炎の明かりに照らされた笹川の顔は赤鬼のようになっていた。

炎を背に笹川は文史郎に怒鳴った。

「こうなったら逃げ切れぬ。お篠を道連れに……」

その一瞬、何かが飛んだ。笹川は顔面を打たれ、思わず、お篠を抱えていた腕を緩めた。金の鉱石が床に転がった。猪太郎の怒った顔があった。

文史郎は踏み込み、笹川の胴に刀を斬り上げた。血潮が噴き出した。

文史郎は笹川が崩れ落ちる寸前に、お篠の軀を引き寄せた。

「お篠、しっかりしろ」

お篠を背負った。

「文史郎様……」

お篠はまだ生きようとしていた。文史郎は刀を廊下の床に突き刺し、お篠を背負った。

「殿、お守りいたす」

左衛門と秋下が文史郎のところに駆けつけた。

文史郎はお篠を背負い、燃え盛る邸から、外へ逃げ延びた。

白装束の修験者たちが、文史郎たちに続いた。

邸の外には、城代たち騎馬隊が駆けずり回り、黒装束の土蜘蛛や抵抗する供侍たちを蹴散らしていた。

背負ったお篠は、文史郎にしがみついていた。文史郎は左衛門に怒鳴った。

「城代に頼み、医者を呼んでもらってくれ」

「はっ」

左衛門は騎馬隊に小走りに駆けて行った。

文史郎はお篠を背負ったまま、裏手の竹林に目をやった。

燃える邸の明かりに、竹林の中に佇む人影があった。総髪の一刀斎だった。

一刀斎は、裏口から出て来た人影数人と斬り結んでいた。独特の構えから、上へ飛翔し、刀が一閃、二閃する。一瞬のうちに三人が崩れ落ちた。

文史郎は軀が硬直した。自分が斬られるように感じた。

背負ったお篠の温かみが文史郎を支えた。

「文史郎様、うれしうございます」

お篠が小声でいった。

文史郎は立ち尽くした。

一刀斎を追いたかったが、背負ったお篠を置いては行けない。

一刀斎も、じっと文史郎を見ていたが、やがて、くるりと踵を返し、竹林の暗がりの中に消えて行った。

「お篠、いま医者のところに連れて行くぞ。生きるんだぞ。武丸のためにも」

「……はい。文史郎さま……」

文史郎の軀に回したお篠の腕の力が、だんだん弱くなって来た。お篠の傷口から溢れる生温い血が文史郎の背中に広がっていく。

「……文史郎さま……このままいつまでもこうしていたい……」

かすかにお篠の声がきこえた。

やがて、お篠の軀から、すっと力が抜けるのを感じた。

「お篠、お篠」

呼んだが返事はない。肩越しに振り向いた。お篠は文史郎の背に顔を押しつけたまま、動かなくなった。

お篠、なぜ、先に逝《い》く？

文史郎はお篠を背負ったまま、とぼとぼと邸を離れた。お篠の軀の体温がだんだん失われていくのを感じた。

「殿、殿、馬の用意が……」

秋下と左衛門が、馬を連れて駆けてくるのが見えた。

文史郎は構わず、月明かりの下、稲穂がなびく田圃の中の道を歩き続けた。

十一

事件の黒幕だった桑原重左衛門は焼けた邸の裏口付近で、護衛の供侍とともに、何者かに斬られて死んだ。

斬り口から一刀斎の仕業だと判ったが、文史郎は誰にも口外しなかった。

なぜ、一刀斎が桑原重左衛門を斬ったのかは、分からない。桑原と一刀斎の間で何か諍いがあったからだろう。

ともあれ、桑原をはじめ、笹川満之典も志賀次郎太も死んだため、信濃秋山藩をめぐる陰謀工作は、全容が解明されずに終わった。

江戸へ戻り、本田助顕にお篠の死を伝えた。

助顕は、お篠の最期の様子をききたがったが、文史郎は実父谺一刀斎に斬られたことだけを伝えた。

お篠の子武丸は、すっかり長屋の生活に慣れ、いまではお福の子、千代丸として兄弟姉妹といっしょに暮らしていた。乳母のお達は手当の甲斐もなく亡くなった。武丸のことをお福に頼んでいた。

そのことを助顕に伝えたら、助顕はしばらく考えたあと、そのままお福の子として育ててくれないか、といった。養育費は出すから、といったが、お福は拒んだ。

その代わり、助顕に二度と再び、千代丸の前に現れないでほしい、といった。

お福は貧乏人には貧乏人の矜持《きょうじ》がある、と頑固だった。他人のお情けで生きることはできない。それがお福の言い分だった。

その日、お福の亭主精吉は、千代丸が所持していた助顕の子である印を大川に捨てた。

そして、平穏な日々が戻り、半年が経った。

文史郎の長屋に、一通の果し状が、届けられた。

差出人に、씨一刀斎とあった。

十二

孟宗竹の葉がさわさわと風にざわめいた。

竹の梢が風に揺れ、葉と葉が擦れ合う音が周囲からきこえてくる。

竹林の間を抜ける小道は、人気《ひとけ》なく静まり返っている。

文史郎はゆっくりと竹林の小道に歩を進めた。夜陰が文史郎を包むようにのしかかってくる。

道には竹葉が堆く重なり、一歩踏み出すたびに足下で葉の音が立った。

道を照らす竹の葉影が揺れている。

文史郎は空を見上げた。

月影に叢雲が湧き立っている。

「月に叢雲、花に風」
お篠の声が耳朶に甦った。
「文史郎様……心からお慕い申し上げています」
そのお篠を一刀斎は斬った。
許せぬ。
文史郎はあらためて、憤怒の炎が燃え上がるのを感じた。
月影に誓った。
今夜、一刀斎との雌雄を結する。
だが、はたして勝てるのだろうか？
文史郎は心の隅に頭をもたげる不安を振り払った。
いや、勝つ。勝ってお篠の仇を討つ。
自分が一刀斎を倒さねば、お篠の魂は浮かばれぬ。
一刀斎の残月殺法剣は、目の奥に焼きついている。
足を止めた。目を閉じて、何度も深く呼吸をした。心を鎮めた。
一撃必殺。
勝負は一瞬で決まる。

一刀斎との立ち合いは初太刀勝負。二の太刀はないと思え。
竹林の中が青白くなったり、暗くなったりする。
叢雲から細い三日月が顔を覗かせたり、雲の背後に隠れたりしている。
嵐の兆候はないというのに、雲の流れが異様に速い。
竹林の中の小道は、竹の葉に覆われた起伏を這うように奥へ延びている。
小道の行く手には、黒々とした甍の影が垣間《かいまみ》見える。
浄命寺の境内から、もの哀しい尺八の音色が響いて来る。
三日月が竹林の葉と葉の間にちらつき、地上に青白い光を散乱させていた。
虫の音が止んだ。竹林は水を打ったように静まり返った。
尺八の音はまだ流れて来る。
文史郎は足を止めた。
尺八の音が移動していた。
月が雲に隠れた。竹林が闇に覆われた。
前方の暗がりを縫って、尺八の音が文史郎の方に近付いてくる。
文史郎は待った。
叢雲が風に流され、月影が竹林の中を照らして過る。

文史郎は前方の孟宗竹の間に尺八を吹く人影を認めた。月明かりに総髪に髷を結った一刀斎の青白い顔が照らされた。

「敎一刀斎だな」

人影は尺八を吹くのをやめた。

「文史郎か。待っていた。今夜はおぬし一人か」

「もちろんだ」

一刀斎はにんまり笑った。

文史郎は周囲の竹林に、土蜘蛛たちの黒装束の影が潜んでいるのに気付いた。

「卑怯な」

「皆、手を出すな」

一刀斎は尺八であたりの影を払った。

一斉に影たちは引きはじめ、あたりに殺気がなくなった。

「今宵は、容赦しない」

「それがしもだ。一刀斎、おぬしと立ち合う前に、一つだけ聴きたいことがある」

「なんだ？」

「なぜ、お篠を斬った？」

一刀斎は黙った。

「……おぬしには関係ないこと」

「関係がある。お篠は千代丸の母親だ。それがし、千代丸になんといったらいい？」

「問答無用！」

一刀斎の軀から噴き上る殺気がますます強くなった。

「訳をいえ、訳を」

一刀斎は答えず、いきなり、尺八を文史郎に投げつけた。

尺八はくるくると回転しながら、文史郎を襲った。

文史郎は抜き打ちで尺八を斬り落とした。

尺八は真っ二つになって地面に落ちた。

刀を構え直した。一刀斎の姿が煙のように消えていた。

叢雲に月が隠れた。竹林は闇に覆われた。

周囲の土蜘蛛たちは微動たりしていない。

次の瞬間、左手の竹が斜かいに斬り下ろされた。切られた竹が地面に突き刺さった。

ついで、今度は裏手の竹が斬り落とされた。

はっとして振り向いた。竹と竹の間を一刀斎の影が移動して行く。

さらに、左手の竹がまた一本、音を立てて、切り倒され、斜かいに切られた竹が地面に突き刺さる。

また、さらにもう一本の竹が切られる。

風が出て来た。

叢雲に隠れていた月影がおぼろに姿を現した。

月明かりの下、一刀斎の影は右手の竹の間に見えた。

正眼の構えのまま、向き直った。

月影の移動とともに、文史郎は下段右下方に刀を構えた。刀の刃先をきりきりと後方へ引き絞る。秘剣引き潮。

またも月影が叢雲に隠れた。闇が竹林を覆う。

竹は風に騒めきながら、大きく揺れた。周囲の切られた竹が、一斉に文史郎に倒れかかった。

殺気！

倒れかかる竹の葉の間から、刀の白い刃が文史郎に襲いかかった。

鋭い刺突。

切っ先が文史郎の懐を狙って突き入れられた。

文史郎は一瞬斬り上げる。一閃して刃先が竹の葉の間に斬り上がった。

手応えあり？　だが、致命傷ではない。

相手の切っ先は左の脇の下に刺し込まれて、引き抜かれた。ちりりと左の脇腹に痛みが走る。

刃が引かれる瞬間、文史郎は竹を押し退けながら、一歩踏み込んだ。相手の影に向かって刀を突き入れる。

むっという呻きが洩れた。

今度は、さらなる手応えがあった。

倒れかかる竹を全身で押し除け、竹と竹の間から前に出た。

また月影が雲の間から顔を出した。

青白い光の下、一刀斎の影が立ち竦んでいた。

高々と片手上段に刀を構えていた。

一刀斎は左手で胸のあたりを抑えている。

血の匂いがした。

月明かりにも血潮が黒い染みとなって、着物を濡らしていた。

文史郎は静かに正眼に構えた。

左の脇腹がちりちりと痛んだ。切り傷から血が流れるのを感じた。

一刀斎は竹と竹の間に立っていた。

竹林での立ち合いは、無闇に刀を振り回すことができない。必然的に、刺突か、上段からの切り下ろし、下段からの切り上げによる勝負になる。

一刀斎が竹と竹の間に立つ限り、文史郎も、その三つの攻撃方法しかない。それを一刀斎は読んでの立ち位置にある。

文史郎は一刀斎が切り倒した竹たちを背にしている。竹が折り重なるように倒れ、互いに支え合っている。

そのあたりだけは、やや空間があり、身を回し、刀を自在に振り回すことができる。

文史郎の方から誘いをかけ、一刀斎に斬り込ませる。

月影がまたも叢雲にかかった。闇が一刀斎を隠す。

文史郎は心に決め、一刀斎の影の前にじりじりと歩を進めた。

相討ち覚悟。逃げはない。

再度、青眼からゆっくりと右下段後方に刀を下ろし、くるりと刃を上に向けた。刀を引く。

心形刀流秘剣引き潮。

脇腹が疼《うず》くが、堪えて潮のごとく、刀の切っ先を地に這わせて引く。なおも足を前に進めた。浪が浜に押し寄せ、波頭が盛り上がり、ぎりぎりまで持ちこたえる。満を持して堪え、一気に波が崩れ落ちるときに相手を討つ。

一刀斎は片手上段に構えた刀に左手を挙げて副えた。

月が再び叢雲から光を投げた。

文史郎は気を緩め、一刀斎に隙を見せた。

来い。

瞬間、一刀斎の軀が飛鳥のように飛んだ。

上段から音もなく刀が切り下ろされる。

文史郎は引き絞った剣を解き放った。上から降りてくる一刀斎の影を一気に上段に斬り上げた。

ざっくりとした手応えがあった。

一刀斎の刀が文史郎の右肩の着物を切り裂いて落ちた。

血潮が迸り、文史郎の軀に噴きかかった。

一刀斎の軀は文史郎にぶつかり、竹の根元に転がった。

見たか、お篠。おぬしの仇は討ったぞ。

文史郎は心の中でお篠にいった。

右肩に激痛が走った。己もやられたか。

文史郎は、右肩の痛みを堪え、残心《ざんしん》に入った。

周囲の竹林の根元にさわさわというざわめきが起こった。

殺気が盛り上がり、押し寄せてくる。

文史郎は残心の構えのまま、敵が襲ってくるのを待った。

黒装束姿の土蜘蛛が地を這うようにして四方八方から押し寄せてくる。

「……ならぬ。ならぬぞ」

足許に倒れていた一刀斎が刀を地面に突き、起きようとしていた。

「皆の者、手出しするな。引け」

一刀斎は唸るようにいった。

土蜘蛛たちの動きが止まった。

「お頭様」

「引け。この勝負、わしの負けだ。引け」

「しかし、お頭様」

「これ以上、わしに恥をかかせるな」

「……………」

土蜘蛛たちはぞろぞろと引きはじめた。

「殿ぉう」

「殿ぉう。ご加勢に参りましたぞ！」

遠くから大門や左衛門の声がきこえた。

弥生の甲高い声も響いた。

一刀斎は刀を杖にし、膝をついて座った。

「文史郎、いまのが秘剣引き潮か？」

「しかり」

文史郎は刀を上段に構えた一刀斎に向き直った。

「美事だ……我が残月剣破れたり」

一刀斎はにやりと口元を歪め、その場にどうっと崩れ落ちた。

文史郎は一刀斎に駆け寄った。一刀斎は目を閉じていた。呼吸も荒い。

文史郎は刀を地面に突き刺し、一刀斎を抱き起こした。

文史郎は一刀斎に尋ねた。

「答えよ。一刀斎、なぜ、桑原重左衛門を斬った？」

「……お篠がわしの娘だということを知りながら、土蜘蛛一族の娘だと侮蔑し、最後まで助顕殿の妻になるのに反対したからだ」

「では、なぜ、お篠を斬った？」

「……不憫《ふびん》だったからだ」

文史郎は戸惑った。

「なにが不憫だったのだ？」

「わしのような親父を持ったことが、そして……お篠が心から慕ったおぬしと、結ばれぬのが分かっていたからだ。……」

一刀斎は深いため息をついた。

そして、全身から力が抜けて行った。

「なんてことをしてくれたのだ」

文史郎はがっくりと膝をついた。

お篠の顔が脳裏に浮かんだ。

お篠、恋しい。

ばたばたと足音が響き、大門と左衛門が、ついで弥生が現れた。

「殿、大丈夫ですか」

「おう、殿は怪我をしている。止血だ、止血だ。爺さん、手拭いを」

「文史郎様。……可哀想」

弥生が優しく文史郎の背を撫でた。

文史郎は、初めて涙が目から溢れるのを感じた。

時代小説
二見時代小説文庫

残月殺法剣《ざんげつさっぽうけん》 剣客相談人《けんかくそうだんにん》 15

著者 森《もり》 詠《えい》

発行所 株式会社 二見書房
東京都千代田区三崎町二-一八-一一
電話 〇三-三五一五-二三一一［営業］
〇三-三五一五-二三一三［編集］
振替 〇〇一七〇-四-二六三九

印刷 株式会社 堀内印刷所
製本 ナショナル製本協同組合

落丁・乱丁本はお取り替えいたします。
定価は、カバーに表示してあります。

 ISBN978-4-576-15172-4
http://www.futami.co.jp/

二見時代小説文庫

剣客相談人 長屋の殿様 文史郎
森 詠［著］

若月丹波守清胤、三十二歳。故あって文史郎と名を変え、八丁堀の長屋で爺と二人で貧乏生活。生来の気品と剣の腕で、よろず揉め事相談人に！ 心暖まる新シリーズ！

狐憑きの女 剣客相談人2
森 詠［著］

一万八千石の殿が爺と出奔して長屋して暮らし。人助けの万相談で日々の糧を得ていたが、最近は仕事がない。米びつが空になるころ、奇妙な相談が舞い込んだ！

赤い風花《かざはな》 剣客相談人3
森 詠［著］

風花の舞う太鼓橋の上で旅姿の武家娘が斬られた。釣り帰りに目撃し、瀕死の娘を助けたことから「殿」こと大館文史郎は巨大な謎に渦に巻き込まれてゆくことに！

乱れ髪 残心剣 剣客相談人4
森 詠［著］

「殿」は大川端で心中に見せかけた侍と娘の斬殺死体を釣りあげてしまった。黒装束の一団に襲われ、御三家にまつわる奥深い事件に巻き込まれていくことに…！

剣鬼往来 剣客相談人5
森 詠［著］

殿と爺が住む八丁堀の裏長屋に男装の女剣士が！ 大瀧道場の一人娘・弥生が、病身の父に他流試合を挑む凄腕の剣鬼の出現に苦悩し、助力を求めてきたのだ。

夜の武《もの》士《のふ》 剣客相談人6
森 詠［著］

裏長屋に人を捜してほしいと粋な辰巳芸者が訪れた。札差の大店の店先で侍が割腹して果てた後、芸者の米助に書類を預けた若侍が行方不明になったのだというが…。

笑う傀儡《くぐつ》 剣客相談人7

森詠［著］

両国の人形芝居小屋で、観客の侍が幼女のからくり人形に殺される現場を目撃した殿。同じ頃、多くの若い娘の誘拐事件が続発、剣客相談人の出動となって……。

七人の剣客 剣客相談人8

森詠［著］

兄の大目付に呼ばれた殿と爺と大門は驚愕の密命を受けた。江戸に入った刺客を討て！ 一方、某大藩の侍が訪れ、行方知れずの新式鉄砲を捜し出してほしいという。

必殺、十文字剣 剣客相談人9

森詠［著］

侍ばかり狙う白装束の辻斬り探索の依頼。すでに七人が殺され、すべて十文字の斬り傷が残されているという。背後に幕閣と御三家の影⁉ 殿と爺と大門が動きはじめた！

用心棒始末 剣客相談人10

森詠［著］

大川端で久坂幻次郎と名乗る凄腕の剣客に襲われた殿。折しも江戸では剣客相談人を騙る三人組の大活躍が瓦版で人気を呼んでいるという。はたして彼らの目的は？

疾《はし》れ、影法師 剣客相談人11

森詠［著］

獄門首となったはずの鼠小僧次郎吉が甦った⁉ 殿らのもとにも大店から用心棒の依頼が殺到。そんなか長屋に元紀州鳶頭の父娘が入居。何やら訳ありの様子で…。

必殺迷宮剣 剣客相談人12

森詠［著］

「花魁霧壷を足抜させたい」——徳川将軍家につながる田安家の嫡子匡時から、世にも奇妙な相談が来た。しかし、花魁道中の只中でその霧壷が刺客に命を狙われて…。

賞金首始末 剣客相談人13
森詠［著］

女子ばかり十人が攫われ、さらに旧知の大名の姫が行方不明となり捜してほしいという依頼。事件解決に走り回る殿と爺と大門の首になんと巨額な賞金がかけられた！

秘太刀 葛の葉 剣客相談人14
森詠［著］

藩主が何者かに拉致されたのを救出してほしいと、常陸信太藩江戸家老が剣客相談人を訪れた。筑波の白虎党と名乗る一味から五千両の身代金要求の文が届いたという。

進之介密命剣 忘れ草秘剣帖1
森詠［著］

開港前夜の横浜村近くの浜に、瀕死の若侍を乗せた小舟が打ち上げられた。回船問屋の娘らの介抱で傷は癒えたが記憶の戻らぬ若侍に迫りくる謎の刺客たち！

流れ星 忘れ草秘剣帖2
森詠［著］

父は薩摩藩の江戸留守居役、母、弟妹と共に殺されていた。いったい何が起こったのか？ 記憶を失った若侍に明かされる驚愕の過去！ 大河時代小説第2弾！

孤剣、舞う 忘れ草秘剣帖3
森詠［著］

千葉道場で旧友坂本竜馬らと再会した進之介の心に疾風怒涛の魂が荒れ狂う。自分にしかできぬことがあるやらずにいたら悔いを残す！ 好評シリーズ第3弾！

影狩り 忘れ草秘剣帖4
森詠［著］

江戸城大手門はじめ開明派雄藩の江戸藩邸に脅迫状が貼られ、筆頭老中の寝所に刺客が……。天誅を策す「影法師」に密命を帯びた進之介の北辰一刀流の剣が唸る！

二見時代小説文庫

公家武者 松平信平《のぶひら》 狐のちょうちん

佐々木裕一［著］

後に一万石の大名になった実在の人物・鷹司松平信平。紀州藩主の姫と婚礼したが貧乏旗本ゆえ共に暮せない。町に出ては秘剣で悪党退治。異色旗本の痛快な青春！

姫のため息 公家武者 松平信平2

佐々木裕一［著］

江戸は今、二年前の由比正雪の乱の残党狩りで騒然。背後に紀州藩主頼宣追い落としの策謀が……⁉ まだ見ぬ妻と、舅を護るべく、公家武者松平信平の秘剣が唸る！

四谷の弁慶 公家武者 松平信平3

佐々木裕一［著］

結婚したものの、千石取りになるまでは妻の松姫とは共に暮せない信平。今はまだ百石取り。そんな折、四谷で旗本ばかりを狙い刀狩をする大男の噂が舞い込んできて…。

暴れ公卿 公家武者 松平信平4

佐々木裕一［著］

前の京都所司代・板倉周防守が狩衣姿の刺客に斬られた。狩衣を着た凄腕の剣客ということで、疑惑の渦中の信平に、老中から密命が下った！シリーズ第4弾！

千石の夢 公家武者 松平信平5

佐々木裕一［著］

あと三百石で千石旗本！そんな折、信平は将軍家光の正室である姉の頼みで父鷹司信房の見舞いに京へ…。松姫への想いを胸に上洛する信平を待ち受ける危機とは⁉

妖《あや》し火 公家武者 松平信平6

佐々木裕一［著］

江戸を焼き尽くした明暦の大火。千四百石となっていた信平も屋敷を消失、松姫の安否も不明。憂いつつも庶民救済と焼跡に蠢く企みを断つべく、信平は立ち上がった！

二見時代小説文庫

十万石の誘い 公家武者 松平信平7

佐々木裕一［著］

明暦の大火で屋敷を焼失した信平。松姫も紀州で火傷の治療中。そんな折、大火で跡継ぎを喪った徳川親藩十万石の藩士が信平を娘婿にと将軍に強引に直訴してきて…。

黄泉《よみ》の女 公家武者 松平信平8

佐々木裕一［著］

女盗賊一味が信平の協力で処刑されたが頭《かしら》の獄門首が消え、捕縛した役人も次々と殺された。下手人は黄泉から甦った女盗賊の頭!? 信平は黒幕との闘いに踏み出した！

将軍の宴 公家武者 松平信平9

佐々木裕一［著］

四代将軍家綱の正室顕子女王に京から刺客が放たれたとの剣呑な噂が…。老中らから依頼された信平は、家綱主催の宴で正室を狙う謎の武舞に秘剣鳳凰の舞で対峙する！

宮中の華 公家武者 松平信平10

佐々木裕一［著］

将軍家綱の命を受け、幕府転覆を狙う公家を倒すべく信平は京へ。治安が悪化し所司代も斬られる非常事態のなか、宮中に渦巻く闇の怨念を断ち切ることができるか！

乱れ坊主 公家武者 松平信平11

佐々木裕一［著］

信平は京で息子に背中を斬られたという武士に出会う。京で〝死神〟と恐れられた男が江戸で剣客を襲う!? 身重の松姫には告げず、信平は命がけの死闘に向かう！

領地の乱 公家武者 松平信平12

佐々木裕一［著］

天領だった上総国長柄郡下之郷村が信平の新領地に。坂東武者の末裔を誇る百姓たちと公家の出の新領主の相性は!? 更に残虐非道な悪党軍団が村の支配を狙い…。